つかまり屋

千野　修市
SENNO Shuichi

文芸社文庫

目次

プロローグ――阿部康高

コンビニの中でスリをするとは、なんてオイシイ獲物なんだ。平日の午前中、客の少ない店内で、窓側の雑誌コーナーで立ち読みをしている老女をしきりに見ている若い男がいる。男は読んでいた雑誌を棚に戻して、何気なく老女に近づく。老女の立ち位置は、雑誌コーナーを向いた防犯カメラにしっかり映る位置で、口が大きく開いた手提げかばんは防犯カメラの側にある。男は防犯カメラがあることを知らないか、防犯カメラの映像からでは捕まらないと思っているか、どちらにしろバカなのだろう。

俺は雑誌コーナーの端で表紙を眺めるふりをして様子を窺う。老女は持ち手を肩にかけ、その口は腰のあたりにある。派手な模様のやや大きめの財布が見えている。店員はレジの奥でかがんで何かをやっている女がひとり。奥から体格のいい若い男の店員が出てきたが、女店員になにか質問されて、同じようにかがむ。

男は老女の背後に近づいた。やる気だと確信した俺は立ち位置を変え、防犯カメラの視野に確実に入る位置に立った。

男の手が慣れた手つきで音もなく財布をスリ取る。男はTシャツとその上のシャツの間に、腕を組むようにして財布を隠した。常習犯なのかもしれない。俺は、スーツの内ポケットから手を出して、腕時計を見る。裁判にもつれこんだときに重要な証拠となるよう、防犯カメラに時間を気にしている姿を映すためだ。そして時刻に驚いたふりをして、一直線に老女へ向かう。体ごと老女にぶつかって右手をかばんの中に入れる。

老女が悲鳴と共に倒れ、俺も転ぶ。顔だけ上げて周囲を窺うと財布をスリ取った男は、ちらりと視線を寄越してすぐに店外へと出ていった。

俺は頭を打ったふうを装って頭を左右に振る。老女はうろたえていて被害に気づく様子はない。仕方なくかばんに突っ込んでいる手を引きよせ、老女の注意を引いた。

老女が、かばんに目をやった瞬間、俺は慌てたそぶりで手を引き抜き、立ち上がってドアに向かって走る。自動ドアが開くのをもどかしそうに待つ間に、男の店員と目が合った。

そのとき、老女の「泥棒！」という叫び声が店内に響いた。

広い駐車スペースを走り抜ける。店の前の道は幹線道路で車の往来は激しい。歩道に出て右を見ると、スリの男の後ろ姿はまだ見えていた。早く道を曲がればいいのに。案外、常習犯ではないのかもしれない。

こっちは追跡の目をかわしてはいけないので、俺はスリの男とは逆方向にまっすぐ走る。「待て！」と声がかかったので振り向くと、体格のいい男店員がこちらに走っていた。ここまでの状況は狙いどおり。

交差点で俺は立ち止まり、左右どちらに進むか迷うそぶりをして男店員が俺に追いつくのを待つ。歩行者用信号が青になったので足を踏み出そうとしたとき、男店員が俺に追いついた。ラグビーのタックルのように飛びかかってきて、俺の胴体に両手を回す。俺は倒れた。肩からアスファルトの歩道に落ちた。

「なんだ。なんなんだ！」訳が分からないと言いたげに俺はそう叫ぶ。

「しらばっくれるな！」

男店員は俺を無理やりうつぶせにして、俺の腕を背中に回す。上腕がねじれ、痛みが走る。力加減を考えろバカ野郎。俺は心の中で悪態をつく。

「私が何をしたと言うんだ！」

あくまでも俺は、逃げているのではなく、単に急いでいることにしなくてはならない。だからこのセリフは重要だ。俺はもう一度「私が何をしたと言うんだ！」と繰り返す。「私は急いでいるんだ！」とも言っておく。

ここは警察署の目と鼻の先にある。すぐに警官が来るだろう。俺は腕の痛みに耐え、時が過ぎるのをじっと待った。

五分もしないうちにパトカーのサイレンが聞こえてきた。男店員の両手は俺を押さえるのに使っている。老女か女店員が通報したのだろう。

俺の視線の先で車が停止し、ドアの開く音がする。車のこちら側と向こう側の両方に黒い靴が降りてくる。紺色のズボンを履いている。制服警官だろう。俺はここで、もう一度警官に聞かせるために「私が何をしたと言うんだ！」と言う。

「どうしました？」

男の落ち着いた声がする。

「こいつ泥棒です！　お客さんの財布を盗んだんですよ！」

男店員の声は興奮している。こういう経験は今回が初めてなのだろう。好条件だ。

「なるほど、そうですか」

警官の靴が俺に近寄る。

「おい、おまえ財布取ったのか？」

「そんなこと私はしていない」

腕の痛みで声が出しにくいが俺ははっきりと言った。どうせ警官は、罪逃れに言ったでまかせだと受けとるだろうが構わない。この先裁判まで進んだときに「そんなこと私はしていない」と言ったことが主張できればいいのだ。

「ウソですよ！」男店員が声を張り上げる。「見たんです。こいつが財布を取るところを！」

俺は心の中で失笑する。男店員が見たのは財布を掏《す》る瞬間ではない。見たのはドアから出てゆく俺の姿だ。興奮して錯乱しているらしい。こっちにとっては好都合な発言だ。自分を見失い、正確な証言ができない男店員の無能さを心の中であざけりながら、俺は小さくほくそえむ。

荒い息が聞こえてきた。

「この人があたしの財布を取ったの！」老女の声だ。きっと俺を指差している。

「それは確かですか？」警官が問う。

老女は興奮した口調で「盗むところを見たんですもの！」。

いい展開だ。老女は俺が財布を掏ったと勘違いしている。冷静に考えれば、スリが転ぶほど体をぶつけて犯行を行うはずがないと分かるだろうに。盗むときに転んでいては逃げ遅れる。かばんから俺の手が抜き取られたのを見て、かばんの中に財布がないことを知って、老女は短絡的に俺が財布を掏ったと判断した。狙いどおりだ。

「早く捕まえてください！」

老女が逮捕を急がせる。いいぞ、もっと警官を煽れ。

「早く手錠をかけてください！」

男店員も言う。いまが勝負を決する分水嶺《ぶんすいれい》だ。経験のある警官なら、老女たちの勘違いの可能性を考え、財布の確認をするだろう。そうなってはせっかくの俺の仕事が水の泡になる。経験の少ない警官であってくれと俺は願う。

この勝負の分かれ目の瀬戸際。この時の緊張感がたまらない。片方に転がれば収穫はゼロ。だがもう一方に転がれば得られるものはこちらの思うまま。この総取りかゼロかの瀬戸際の緊張感は最高だ。この緊張感を味わうためにこの仕事をやっていると言っていい。

金属のこすれる音が聞こえた。警官の靴が俺に近寄る。しゃがんで顔を俺に近づける。

「十時十七分、窃盗の現行犯逮捕だ」

背中に回された手首に金属が当たった感触がある。左手に手錠がかけられた。ガチャリ。いい音だ。警官は男店員の戒めを解き俺を立ち上がらせる。俺は抵抗なく警官の前に立つ。若い警官だ。二十代半ばといったところ。彼の後ろに立っているのは女の警官だった。

「署で詳しく話を聞かせてもらうぞ」

男警官は、そう言って、俺の体の前で右手にも手錠をかける。

「ええ、いいでしょう」

俺は笑いをこらえるのに必死だった。勝負に勝った。俺はそう確信した。

警官は俺をパトカーに乗せようと背中を押す。

「ちょっと、あたしの財布返してよ！」

老女が俺のスーツの端をつかみ、引っ張る。この段になって警官は思い出したように俺のボディチェックをした。俺の体を二往復して警官の顔が少し曇る。老女の財布などあろうはずがない。警官は俺のズボンの左ポケットに手を突っ込み、俺の黒革の財布を抜き取る。

「これでしょうか？」

財布を差し出すと、老女は激しく首を振る。

「ちがう、ちがう。そんなんじゃないって」

警官が俺の財布を戻して、もう一度、俺の体をまさぐり、顔が曇る。ここに来て、やっと老女の勘違いの可能性に思い至ったようだ。だが遅い。手錠はかけてしまった。ここで「犯人じゃないかもしれないから逮捕はなしにします」なんて言えるはずがない。そんなことをしたら警察の威信に関わる。逮捕した以上、連行して取調べをしなくてはならない。もう警察側の負けは決まったのだ。

「きっとどこかに隠したのよ！」

噛み千切らんばかりの怒りを込めて老女が主張する。隠す暇がないことは追っていた男店員が一番知っているはずだが、男店員も「そうです。どっかに隠したんだ！」

と息巻いた。ことごとく俺に役立つ発言をしてくれる。俺はこのバカ野郎に心の中で喝采した。

　言葉に詰まった男警官の後ろから、女警官が口を挟んでくる。

「では、応援を呼んで探しますので、しばらくお待ちください。できたら連絡先を教えて欲しいのですが」

　てきぱきと歯切れのよい口調で老女に話し、ポケットからメモとペンを取り出す。

「ええ、もちろんよ。早く探して頂戴《ちょうだい》」

　老女は携帯電話を取り出し、操作して、画面を女警官に向ける。

「どちらに連絡したらよろしいですか？」

「それじゃあ、家にかけて。この番号ね。家であたし待ってるから。ケータイの番号でもいいから。それはこっちね。とにかく早くして頂戴。今日、これから人が来るのよ」

「分かりました。どんな財布なのかは、応援をよこしますのでその者にお話しください」

　女警官は、メモ帳に書き始める。女警官も、老女の勘違いの可能性には思い至っているはずだ。だが、そんなそぶりをひとかけらも見せずに、落ち着いてペンを走らせている。どうやら女警官のほうが男警官より役者は上らしい。キャリアの差か。だが、女警官とて、手錠をかける前に老女の勘違いに思い至らなかった点を考えると、無能な男警官とたいした違いはない。女警官はメモを終えると、男店員に「ご協力ありがとうございました」と軽く頭を下げて、俺をパトカーに乗るように促す。拒否する理由は何もない。俺は内心喜び勇んで、敵地に乗り込むべくパトカーの後部座席におさまった。

男警官の運転でパトカーが発進するが、女警官は、無線で応援を呼んだりしない。考えごとをしている。

二、三分で警察署にたどり着く。身体検査を受けたのち、俺の体を戒めているものが手錠から腰紐に変わった。俺は私服の刑事に渡され、取調室に連れて行かれる。灰色の壁の狭い部屋だ。窓はひとつ。ここで何人の容疑者が脅され、凄まれ、犯行を自供させられたのだろう。今日はそういう虐《しいた》げられ、人間としての尊厳を傷つけられた奴のすべてが諸手を上げて喝采するような反撃をするために、俺はここにやってきた。

窓側の席に座らされた。俺の腰に巻かれた紐を、女警官が机の脚につなぐ。

女警官が取調室を出るとき、刑事が「佐原、状況」と言って女警官に話しかける。女警官の名は佐原か。

俺は部屋の中で一人きりになった。俺を捕まえた警官から刑事が事情を聞いているのだろう。背中側にある窓から差し込む光の光量が落ちる。今日の午後は雨が降ると朝のニュースで言っていた。この仕事はさっさと切り上げて、傘を取りに行こう。もちろん家に帰り、自分の金で買った自分の傘を取りに行く。俺は犯罪となるものは傘泥棒でさえしない。横断歩道はきちんと青のときに渡り、車の運転は思わぬ道交法違反をするかもしれないのでペーパードライバーを貫いている。きれいな身のままで警察とやりあうのが主義だ。

刑事が二人、取調室に入る。細身で長身の男が入り口に近いところにある席にノートパソコンを置いて座り、体の横幅の広い四角い顔の中年が俺の前に立つ。中年刑事は身体検査で取り上げた俺の財布を持っている。財布の端のほうをつかみ、ぷらぷらと振っている。

さてどんな奴だ。直情径行な奴だとやりやすいのだが。

「財布、取ったんだってな」

見下した目線でこき下ろすように言う。先入観で突っ走るような臭いがぷんぷんする。アタリだ。推定無罪など眼中にない奴が来た。今日は運がいい。腕のいい警官や刑事が出払っているのかもしれない。

「私は、そんなことしていませんよ」

相手をバカにするように薄く笑いを浮かべて淡々と言う。目の前の容疑者を犯罪者だと決めつけてかかるような奴には、こういう言い方が効くのを知っている。

刑事は椅子に座り、片腕を背もたれに回し、浅く座って俺を薄い目で睨みつける。そのまま俺の財布を開く。

「二千円ちょっとか、たいして持ってないな。金に困っているのか？」

「そんなことありませんよ」

金持ちではないが、金に困っていないことは確かだ。職場が歩いていけるところだから電車やバスに乗る必要がない。だから、その日の食費だけしか持ち歩かないようにしている。大金を持っていてスリに遭ったら困るではないか。ましてや俺のような奴に利用されたら捜査は混迷する。大金を持っていてそんな目に遭ったらたまったものではない。

「阿部康高か」取り出した免許証を見ながら言う。「何歳だ」

「三十五歳ですよ」

「三十五っていうと……、五十七年。合ってるか」

刑事は免許証を財布に入れると、手首の動きだけで財布を投げる。俺の目の前に落ちる。

「で、なんで取ったんだ？」

俺は視線を下げ、あからさまに笑い飛ばす。

「だから、何も取ってませんって」

口の端に笑いを残したままそう言うと、刑事は机をバンと手で強く叩いて立ち上がり、机を回って俺のそばに来て、顔を突き出して俺の顔のそばで怒鳴る。

「俺たちは忙しいんだよ。なあ、お前にいちいち付き合ってる暇はないんだよ！」

警官や刑事の恫喝《どうかつ》など何も怖くはない。法律に縛られているこいつらの凄みなど、どうということはない。こいつらは、容疑者だろうと犯罪者だろうと暴力を振るうことはできない。こっちは国家賠償法で守られている。暴力がこないと分かっている刑事がどんなに居丈高に振る舞おうと、いきがっている中坊とさしたる違いはない。

俺は鼻で笑い飛ばす。

「この野郎！」刑事は俺の胸倉をつかんだ。

後ろで調書を書いている刑事が「菊池さん！」とたしなめる。この中坊以下の犬は菊池というのか。

菊池という名の犬は、俺の胸倉から手を離して乱暴に椅子に座る。

今回は短期決戦で行かなければならない。先ほどの女警官の様子からして、コンビニ周辺の財布捜索より先に、防犯カメラのチェックをするだろう。防犯カメラを見れば俺が犯人でないことは一目瞭然だ。老女が肩にかけていたかばんは防犯カメラのある側だからスリが盗んだ瞬間がきっちり映像に収まっているはずだ。俺が犯人ではないと分かれば、ただちに釈放されるだろう。それまでに菊池を誘導して「自白の強要」を引き出さなければならない。

「忙しいって、何か大きな事件でも起きているのですか？」

「お前には関係ねえよ」

「あなたは大きな事件に配属されていないんですね。だからここでスリなどという小さな事件の容疑者を相手にしている」

「うるせーんだよ！」

机を下から足で蹴り上げる。俺の財布が軽くホップする。どうやら図星らしい。

「私は、いつまでたってもスリの自白などしませんよ。していないのだから」

「じゃあ、なんで追いかけられた。何も関係ない奴を追いかけるわけねえだろうが」

「ボケてるんじゃないでしょうか」

「お前はバカか。お前を捕まえたコンビニ店員は見たんだぞ。お前が掏るところを。ボケたやつがコンビニ店員なんかできるかよ」

俺は視線を菊池からそらし、顔を横に向ける。

「今日は午後から雨が降るそうですよ」

「そんなの関係ねえだろうが！」

菊池はだいぶ興奮し、いらついている。なかなかいい状態だ。

「私から話すことなんて、ほかにありませんよ」

菊池は身を起こし、机の上に両肘を乗せて腕を組む。

「目撃者の証言では、犯人はグレーのスーツと白いシャツを着ていて、シャツに青色のラインが入っていた。お前の着ているものはグレーのスーツと青いラインの入った白いシャツ。そうだな」

「たしかにその色ですが」

目撃者の証言が取れているかどうかは怪しい。事情聴取なんてする暇はなかったはず。調書を書くために俺の服を見て言っている可能性が高い。場所がコンビニで客がいるだろうし、店員という目撃者がいるから目撃証言はあとで取ればいいと考えているに違いない。たいして労せず、強引に犯罪者にしたてあげようと動いてきた。菊池はいつもこうやって強引に取調べを進める奴なのだろう。好都合だ。

「お前は、十時十五分、コンビニの雑誌コーナーで立ち読みしている被害者にぶつかり、その拍子に被害者が持っているかばんから財布を抜き取った。そうだな」

これはあてずっぽうではない。被害者か店員から事情を聞いたのだろう。きっとあの女警官の仕事だ。仕事が早い。たいしたものだ。

「たしかに被害者は雑誌コーナーにいましたし、私はぶつかりましたが、財布は抜き取っていませんよ」

「取ったんだろうが！　ちゃんと見られてるんだよ！」

俺は身を乗り出し、相手をバカにしたように、にやにやしながら、顔を菊池に近づける。

「だから、私はやっていませんって」

菊池は逆上して再び俺の胸倉をつかむ。

「いいかげん白状しろっ！　お前はやったんだよ！」

よし。この怒鳴り声が聞きたかったのだ。さしたる労力もせずにここまでたどりつけた。今回の相手はちょろい。やはり菊池はいつもこうやって強引に進めるのだろう。今までそのほとんどは成功しているに違いない。なぜならここに座った人間は、実際に罪を犯したのであろうから。だが今日は違う。

冤罪《えんざい》の可能性を考えずに、こんな強引に取調べを進める奴など警察には必要ない。こんなくだらない奴など全身全霊をかけて、徹底的に潰してやる。

菊池は胸倉を締めつける。こっちは余裕の笑みを浮かべたままだ。

「やってない」

「やったって言え！　お前はスリの犯罪者だ！」

ここまでくるとバカだ。俺は高笑いしたいのを堪えて見返す。菊池は放り捨てるように俺を放した。

「財布が見つかっていないからって余裕をかましているのかもしれないけどな。財布なんてすぐに見つかるんだよ」

「そうでしょうか」

「そうだよ。警察をなめんな」

俺は黙った。もう聞きたい言葉は聞けた。あとは解放される時が来るのを待つだけだ。

「あのな、何もしていない奴が……」

菊池がそう言ったとき、取調室のドアがノックされる。調書を書いていた刑事が手を止めてドアを開ける。ドアの向こうにいる人間と二言三言、言葉を交わしたのち、ドアが大きく開いた。向こうにいたのは、俺が逮捕されたときにいた女警官、佐原だった。

「菊池さん」と調書を書いていた刑事が呼ぶ。

菊池は立ち上がってドアの向こうに消えた。

しばらくして菊池が入ってくる。一緒に佐原も入ってきた。佐原は俺のすぐそばまで来ると、腰紐をはずした。

「用は済んだ。帰れ」菊池が憮然とした表情で言う。

俺は立ち上がって、これみよがしに手錠の当たっていた手首をさすり、机の上の財布をポケットにしまう。

俺はふんぞり返り、菊池をねめつける。反撃開始だ。

「どういうことなのか説明していただきたいですね」

「説明はない。お前に用がなくなっただけのことだ」

「あれだけ私を犯罪者扱いしてそれはないでしょう」

「いいから、さっさと帰れ」

菊池は俺の目をまともに見ようとせず、手を水平に振る。

「逮捕に尋問。私は精神的に非常に苦痛を被った」

俺は居並ぶ警官と刑事を順番に見る。続けて俺は言い放つ。

「それに、あなたの違法行為を見逃すわけにはいきません」

「違法行為なんかねえよ」菊池が噛みついてくる。

「ありますよ。自白の強要がね。国家賠償法に基づき、あなたを告訴する！」

俺は菊池の顔に指を突きつける。

「なんだとこの野郎」

「菊池刑事。あなたはたしかに私に言いました」

俺は言葉を一度切って、菊池をなめるように見下ろす。

「『やったって言え、お前はスリの犯罪者だ』と。これは明らかに自白の強要だ。あなたは犯人ではない人間を犯罪者にするところだった。冤罪を生むところだったんですよ。あの言葉による私の精神的苦痛は計り知れない。やってもいない罪を無理やり認めさせられようとしたのですからね」

「無理やり認めさせようとしたわけではない」

菊池は反論するが声が先ほどよりも小さい。

「無理やりだったなぁ、あの口調は」

俺は菊池の目を覗き込む。菊池は目をそらす。

「やったって言え、なんて言っていない」

「はぁ、何を言い出すんですか」

「だから言っていないと言っているだろうが！」

語気の強さが戻る。どうやら白を切ってやり過ごそうという腹づもりだ。くだらない。たしかに、刑事側の発言内容は調書には反映されないから裁判で自白の強要を証明するのは難しい。それを見越して自分の発言を認めないことにしたのだろう。だが、そんな手が俺に通用すると思うなよ、この小物野郎。

俺を誰だと思っているんだ。これくらいのこと考えていないとでも思ったか。

俺はスーツの内ポケットから、大き目の消しゴムくらいの金属製の小さな物を取り出し、菊池の前に差し出す。

「これがなんだかご存知ですか？　身体検査のとき、武器だの盗まれた財布だのしか注目していなかったのが、あなた方の敗因だ。これはね、ボイスレコーダーですよ」

　菊池の顔が瞬時に引きつる。いい顔つきだ。ざまあみろ。俺はこのときに備えて、仕事に入るとき、コンビニの防犯カメラに腕時計を見る姿を映す直前、スーツの内ポケットに手を入れてボイスレコーダーの録音ボタンを押した。こんなに小さくても五十時間は録音できる優れものだ。

「私は、何にもないときにもボイスレコーダーの録音ボタンを押して、会話とか町の音を聞くのが趣味でしてね」もちろんそんな趣味はない。「今回、たまたま録音ボタンが押されている状態で逮捕されてしまったのですよ」たまたまを強調して言う。

「これにはあなたの発言がきっちり入っています」

　俺はボイスレコーダーの停止ボタンを押し、身を乗り出してためてから大きめの声で言ってやった。

「やったって言え！　お前はスリの犯罪者だ！」

　菊池は折れそうなほど力を込めて歯を噛み締める。俺は体を反らして笑い飛ばす。

　菊池の顔色がだんだんと失われてゆく。俺はとどめを刺す。

「裁判ではあなた方の負けですね。誤認による現行犯逮捕で国家賠償法が適法だとされた裁判例をご存知ですか？　今度時間のあるときにでも、東京高等裁判所の平成元年十二月二十一日判決の結果をご覧になってください。原告が被った精神的損害に対して五十万円の支払いを認める判決が出ているんですよ。今回の私の精神的損害はどのくらいの金額になるのでしょうか。やはり同じ五十万円くらいが妥当ですかね」

菊池は細かく打ち震えている。いい気味だ。いまの判例は現行犯逮捕から起訴まで進んでいる件の裁判だ。今回は起訴まで進んでいないので五十万は難しいだろう。自白の強要だけが争点となる裁判になるが、今回の件で多額の損害賠償金をせしめるのは難しいだろう。

菊池のしたことで裁判が負けたとなれば、支払いは菊池を雇っている県になる。だから菊池が心配しているのは、金の問題ではなく自分の経歴に傷がつくことにある。

だから俺は提案する。

「裁判になれば、まあ私の勝ちでしょうが、時間がとられてかなわない。私は忙しい身ですからね。そしてあなた方は、裁判で負ければ経歴に傷がつく。そこでどうでしょう。示談金四万円で手を打つというのは」

「なんだと」菊池が目をカッと見開き、俺に近づいてくる。「てめえ、警察をゆする気か！」

怒りを込めて声を震わせる。

俺は両方の眉を上げ、肩を上げる。

「ゆするなんて、そんなまさか。示談金と言ったではないですか」

「この野郎！」

菊池が俺の襟元をつかもうとするのを、もう一人の刑事が後ろから止める。一人では止めきれず、佐原も止めに入る。無様な姿だ。

「払いやすいように、ずいぶんとお手ごろな価格に下げたのですがね。だめなら仕方ありません。法廷に持ち込むとしますか」

菊池の目の前でボイスレコーダーを振ってみせる。俺の逮捕はもう解かれた。だからこいつらは、令状や俺の了承なくしてボイスレコーダーを取り上げられない。俺は余裕の笑みを浮かべてボイスレコーダーを菊池の顔に近づける。

二人に押さえられたまま菊池の動きは止まった。目のギラつきは収まっていない。しばし待ったが、菊池は答えを出せずに怒りで震えたままである。

「そうですか。では、失礼します」

俺は立ち去るそぶりをする。

「待て！」

菊池が止める。押さえている二人を荒々しく振りほどいて、ジャケットの内ポケットに手を突っ込む。取り出したのは財布であった。そこから一万円札四枚を取り出すと、たたきつけるように俺に差し出した。

毎度あり。俺はボイスレコーダーを内ポケットにしまい、菊池の目を覗き込みながら、わざとゆっくりとした動作で四万円を受け取る。菊池は目をそらしたままだ。

「それでは、示談成立ということで」

金をスーツのポケットにしまう。菊池は手を差し出したままだ。

「ボイスレコーダーをよこせ」

録音した音声を消すというのか。金は受け取った。もう録音したデータに用はない。

後日、再度金を要求したら恐喝罪となること必定だからだ。俺はそんな愚は犯さない。

俺はボイスレコーダーを菊池に渡した。渡すとき、相手を馬鹿にした笑みは忘れていない。

菊池は消し方が分からないようで苦戦した。結局、佐原がデータを消して、ボイスレコーダーは俺の元に帰ってきた。

俺は三人に微笑みかけ、取調室を出ようとドアのノブに手をかけたとき、佐原が「ちょっと待ってください」と呼び止めた。

「なんでしょう」

「真犯人の顔を見ていませんか?」

真犯人の男は、年齢が二十歳前後。背が俺より五センチほど低いので一七〇センチメートルくらい。体型はやや細め。肩のあたりは猫背気味に曲がり、腹を突き出したような姿勢だから、背骨が前後にS字に曲がっている。白のTシャツに、ワインレッドが地の色で白のチェック模様が入った半そでのシャツを着ていて、裾をズボンに入れない形でボタンをとめていなかった。ズボンはカーキ色の少々だぼついたスラックス。左腕の上腕部、シャツの下に刺青《いれずみ》だと思われる黒いものが見え隠れしていた。そこにはMの文字があった。茶色に染めた髪は、興奮したヤマアラシのように立てている。目はやや釣り上がり気味で、鼻は小さく細い。左眉の上、おでこのところに大きめのホクロがあり、右耳にのみピアスをはめていた。あごが細くとがっているのが印象的であった。コンビニを出たあと、駅とは反対方向に走っていったので、この付近の住人だと思われる。

だがそんなことはどうでもいい。

「さあ、見ていませんね」

「そうですか」

刑事たちはこのあと、防犯カメラの粗い映像に顔を寄せ合い、なんとか見極めようと目を凝《こ》らし、それを手がかりに付近の住民に聞き込みをするのだろう。腐れ犬ども、少ない情報を手がかりにむやみに這《は》いつくばり、足を棒にしてむやみに嗅《か》ぎ回るがいい。

「では」

俺は軽く会釈をし、部屋を出てドアを閉めた。

警察署を出ると清々《すがすが》しい空気を胸いっぱいに取り込む。取調室があらためて空気の悪いところだったと思い返す。あそこは犯罪者の怨念が大量に蓄積されているに違いない。あの取調室にいたら怨念に侵され矮小《わいしょう》な人間に成り下がってしまう。菊池のように。

それにしても意外だったのは、菊池が所持していた金額だ。六万円は持っていたように思う。刑事は、突然の連絡でタクシーを使って現場に急行しなければならない場合がある。もちろん刑事とてタクシー代は払わないといけない。だからたいてい万札を数枚所持しているものだ。取調室にいた刑事は二人。だから四万円を提示した。菊池は今晩、部下におごる予定があったのだろうか。こんなことなら六万円を提示しておけばよかった。だがまあいい。今日のアガリは四万円でよしとしよう。

さて傘を取りに帰るとするか。歩きだすと鼻の頭に雨が当たった。西の空を見ると、黒い雲が厚く垂れ込めている。天気予報では西から天気が崩れてゆくと言っていた。早く帰らなくては雨に濡れる。俺は走った。

現在 一――策謀の結実

車内のラジオから冬型の気圧配置だと聞こえてくる、寒波が押し寄せ例年より気温が低いと。一月前半にふさわしい冬真っ盛りの寒さだ。渡利一義は手をこすって温める。どうも暖房の効きが悪い、体が震えてくる。ジャンパーのジッパーを上げる。一番上まで上がっていることは分かっているが、思わずやってしまう。

「今日も収穫ねえだろうなあ」

隣で運転している安堂がつぶやく。二週間前に起きたカーナビ盗難事件。犯人はバールか何かで運転席のドアガラスを破ったと思われるが、バールは見つからず。現場は周辺に住宅があるので、付近住民に聞き込みをしたが、成果はなし。深夜の犯行だろうと推測するが、推理はそこでストップ。鑑識を呼んで遺留物と思しき物をかき集めて分析したが、犯人の手がかりとなるようなものは出てこない。盗品を売却している可能性を考えて、今日の午前中は昨日、おとといに続いて中古電化製品屋、リサイクルショップ、質屋巡りをしたが収穫はゼロ。今日で市内の店は全部回ったことになる。カーナビなら県外への持ち出しだって簡単だ。売却目的ならやはり県外か。明日からは範囲を広げて店をあたるぐらいしか手はなさそうだ。そう思うとげんなりする。安堂のひと言が出てくるのも、やむなしといったところか。

「そう言うなよ」

言ってみるが、渡利は声に力を込めることができなかった。カーナビ盗難事件にしてはずいぶんと力を入れて捜査に取り組んでいるのだが、どうやらこのまま自然消滅で終わりそうだ。安堂も渡利も、ひげを剃る暇を惜しんで捜査に取り組んでいるのだが、無駄だった。安堂がおととい言った、「俺たちを困らせるための自作自演なんじゃねえのか」という暴論に思わず賛同したくなるほど、何も手がかりが見つからない。

幹線道路を曲がり、細い路地に入ろうとしたとき、無線連絡が入った。

『本厚木署から各局、本厚木所管内、調査方、人が死んでいるとの通報あり。現場は……』

続いて住所がアナウンスされる。住所を聞くなり安堂はアクセルをふかしていた。

「よっしゃぁ！」安堂の声に元気が戻る。安堂は大きな事件ほど燃え、殺人事件で興奮は極大値をむかえる。通報があると、刑事ドラマのテーマ曲が頭の中に流れるような、いまどきではめずらしい奴だ。殺人事件となると、彼は被害者の遺族の前ではしおらしく話を聞いているが、署に帰れば不気味なくらいにやけていたりする。

現場はここから近い。渡利たちが一番に着く可能性が高い。渡利は無線で急行する旨を伝える。現場は、企業の研究所などがある小高い山の中腹あたり。車で飛ばせば、ここからなら二分くらいで着く。赤色灯を出し、サイレンを鳴らす。現場をどう整理するか、関係者にどう声をかけるか、頭の中でシミュレーションする。事件は最初が肝心。場合によっては緊急配備もかけなくてはいけない。事件のすべてはファーストコンタクトをどう取り仕切るかで変わってくる。渡利は手を丸め、息を吹き込む。現場に着いて手がかじかんでうまく動かないようではみっともない。

山のふもとに入った。このあたりの地図や地形は二人ともしっかり頭に入っている。通報のあった住所は、たしかミクトラルという会社の社長宅だったはずだ。敷地面積が普通の家の十倍以上ある豪邸で、庭にはきれいに刈り込まれた植木がブロックのように並んでいる。門の近くには離れの家も建っている。

「こりゃ、捜査本部ものだな」安堂がうれしそうに言う。

「まだ、殺人と決まったわけじゃない」

たしなめるが、なんとなく殺人事件の予感がしていた。

坂道を登って安堂はアクセルをふかす。エンジン音が一段上がる。

急ハンドルで車を回して止める。社長宅に着いた。腕時計を見る。十二時二十五分。

無線で現場到着を告げる。まだ誰も来ていない。一番乗りだ。

玄関には学校の門のようなレール付きの黒い門がある。閉まっていた。渡利は車を降りて黒い門に手をかける。肌が引きつるような冷たさだった。門の近くにある離れの家のところに三十代半ばのハーフコートを着た男がいた。

「警察です！　通報者はどなたですか！」

渡利が言うと、ハーフコートの男がこちらを向く。

「私です！　こっちに来てくれませんか！」

渡利は黒い門を横に引く。鍵はかかっていなかったので難なく滑る。途中から安堂も加わって二人で開けた。ハーフコートの男の所まで走ってゆく。ジャンパーのこすれる音が妙に響く。周囲に家はない静かな所だ。周辺住民の聞き込みは脈なしかと、ちらりと考える。

母家の玄関から門までの長い道には誰もいない。離れの家は茶色で統一された木造の平屋。三階建ての洋館である母屋のほうは静かだ。

男は玄関の脇にある窓から中を覗き込んでいる。死体は中か。

「ここです。ここから見てください」

男が示した窓を二人で覗き込む。ガラスが曇っているのではっきりとは見えないが、人が倒れていることは間違いないようだ。どうやらうつぶせに倒れているらしい。そして人の体とその周りの床は真っ赤である。血か。

「ドアが開かないんですよ」

男が玄関のドアを、ノブを持って激しく前後に揺り動かす。ガタガタと音がする。開く気配はない。

「鍵がかかっているんです」

男は言うと、今度は体をぶつける。無理やり開けようというのか。

「ほかに入り口はないんですか？」

渡利が聞くと男は「ありません」と即答した。何度か体をぶつけるとバキッと音がして木の枠にひびが入る。男は足を枠の近くに当て思いっきり引く。激しく音を立ててドアが開いた。開いた隙間に安堂が滑り込む。続いて渡利も飛び込んだ。

居間が目に入った。玄関との境目には壁はなく、玄関といっても靴を脱ぐ場所が八〇センチ四方で確保されているだけで、玄関を入ってすぐ居間である。玄関のすぐ左手側にはほかの部屋に続く廊下があり、居間の左手側、廊下の横はキッチンとなっている。キッチンと反対側にロフトにつながる階段があり、壁は木材がむき出しで内装はログハウス風の様相になっている。右の壁には大きな山の絵がかけてある。床はフローリングで、居間の中央、ソファが置いてある部分だけに小さな絨毯《じゅうたん》が敷いてある。居間の中央に敷いてある小さな絨毯は緑色だった。だから、部屋の中央、三つのソファに囲まれる形で玄関から見て向こう側を頭にして倒れている男――倒れているのは男だった――の周りに広がっている赤いものは、やはり血のようだ。血液は乾ききっている。

安堂が靴を履いたまま、倒れている男に駆け寄る。続いて渡利も近づいた。二人とも手袋をつける。安堂は倒れている男には触れず、脇のフローリングの床に手をついて這いつくばり、倒れている男の顔を覗き込む。渡利も安堂の後ろから同じように覗く。倒れている男は、うつぶせで顔を横に向けている。両目は見開かれている。倒れている男が死んでいるのは明白だ。体に明確な死斑《しはん》が出ており、見開かれた目の角膜の濁りがひどい。瞳がよく分からないほどだ。さらに背中には明確な深い刺創があり、刺創の周囲が固まった血液で赤黒く染まっている。

「亡くなってますね」

安堂は通報者の男に言う。通報者は靴を脱いで居間に上がってきていた。

「やはりそうでしたか」

少しだけ眉をひそめて男は答える。

「死んでからだいぶ時間が経っているな」

安堂がつぶやく。同感だ。今から緊急配備をかけても犯人は網にかからない可能性が高い。緊急配備をかけて犯人を追うことより、現状の把握を優先するべきだと判断した。

倒れている男は年齢五十歳くらい。頭の毛の両サイドに白髪がメッシュのように入っている。髪は乱れている。体型はやや太め。色は浅黒い。長袖の紺のシャツに白地に緑のラインが入っているセーターを着ている。ズボンは紺色のスラックス。背中のところで衣服が裂けており、そこを中心に血が広がっている。背中にエッジの鋭い穴が開いているのが分かる。明確な刺創だ。凶器はナイフか包丁だろう。ざっと見たところほかに外傷はない。死体の周りに凶器がないことから他殺のようだ。自殺ではたいてい凶器がそばにあるものだ。部屋を見渡して乱れがないことを確認する。争った形跡はない。被害者が背中を見せたときにひと刺しで決着がついたか。被害者は靴を脱いでいる。振り返って玄関を見てみると、男の靴が二足あった。どちらも革靴。片方は通報者の靴で、もうひとつが被害者の靴だろう。と、ここでハーフコートの男がいないことに気がついた。

探そうと部屋を出ようとして、安堂に呼び止められた。

「凶器を探すぞ」

安堂は部屋の中を回り、凶器を探している。

ハーフコートの男が廊下から出てきた。男が二人の足元を見ているので「すいません。靴のまま上がっちゃって」と渡利がわびる。

「いいんですよ。緊急事態ですから」小さくほほえむ。

「ほかの部屋を見てくる」と安堂に言ってから、ハーフコートの男に「ほかの部屋を見たいのでついてきてくれませんか?」と声をかける。

「ええ、かまいませんよ」

渡利は玄関で靴を脱ぎ、キッチンの横にある廊下に入る。廊下に入るとすぐ左横にドアがある。開けてみるとトイレだった。トイレには人一人がやっと通れるくらいの小さな窓があるが、窓の外に格子がついているので出入りは無理だ。血痕等争った形跡はない。次、トイレの隣にある引き戸を開いてみる。納戸《なんど》だった。窓はない。一応電気をつけて見渡してみる。画材や釣具のほか、工具やらいろんなものが整然と置かれている。ここにも争った形跡はない。工具箱を開けてみる。血のついたものはひとつもないし、あの刺創に合いそうな形のものもない。この部屋のどこかには凶器が隠されているかもしれない。あとで詳しく確認する必要があるだろう。電気を消して戸を閉める。

納戸とトイレの向かい、ちょうどキッチンの裏側の位置に部屋がある。寝室だった。部屋の奥に大きな窓がある。窓の前にダブルサイズのベッドがあり、部屋の中央にはテーブルがある。オーディオと思しき機材が右側の壁に並んでいる。左の棚はＣＤが大部分の場所を占め、ＣＤは棚に入りきれず、壁際に置いてあるワゴンの上に山積みされている。渡利は部屋に入り、まず周囲を見回す。どうもここも殺害現場ではなさそうだ。窓に寄ってみると内側から鍵がかかっている。部屋を出て廊下を奥に進む。突き当たりにドアがある。入ると居間よりも広い部屋があった。三方に窓があって明るい。フローリングの部屋で、いろいろなものが雑然と置かれている。納戸とさしたる違いがない。イーゼルの上に描きかけの絵が載っていて、周囲に画材が散乱している。その隣には、工具が置いてあり、プラスチックと思われる端材や使途不明の機械が散らばっている。

「ここは何をする部屋ですか」

後ろからついてきている男に聞いた。

「特に何をするとは決めていないのですが、言ってみれば『趣味の部屋』といったところでしょうか。ここでは私は好きなことをさせてもらっています」

「そうですか」

この部屋はこの男も使うのか。部屋に入る。廊下から見て正面と右側の窓ははめ殺しになっている。左側の窓に近寄って鍵を確認する。閉まっていた。この部屋にも争った形跡はないし凶器は見当たらない。

玄関に戻る。安堂はまだ探している。窓が気になったので、鍵を確認してみる。キッチン側以外の三方に窓があるが、いずれも鍵が閉まっていた。階段を上ってロフトに上がると小さな窓があるが、こちらも鍵が閉まっている。そうなると、この離れの家にある窓はすべて内側から鍵がかかっていたことになる。これで犯人の逃走経路は玄関からだと分かった。殺害後、わざわざ鍵を閉めて出て行ったか。鍵の所有者、鍵を持ち出せる人物が容疑者となるだろう。鍵の線から犯人を絞れそうだ。

ロフトに上がってみて気づいたが、玄関のちょうど上のあたりに、通風孔が開いている。だが、スリット状になっているし、そもそも人がくぐれそうな大きさではない。

ロフトを降りて玄関のドアを見る。木の枠が裂けている。木の枠は細く、これなら力任せに引けば簡単に壊れそうだ。ドアのほうは、木の枠が裂けたあたりに金属の出っ張りがある。ドアの外側には鍵穴があり、内側はつまみを回すことによって鍵がかかるものだった。つまみを回すとドアの横から金属の突起が出てきて鍵がかかる、つまりはサムターン錠というやつだ。ためしに金属の突起を触ってみる。力を入れても引っ込まない。たしかに鍵がかかっていた。つまみを立ててみる。ガチャンと音を立てて鍵が外れる。つまみを元の状態に戻しておいた。

「ここの鍵を持っているのは誰ですか？」渡利はハーフコートの男に聞いた。

「誰も持っていません」

「ん？　鍵はあるんですよね」

「ええ、一つだけ。あそこの引き出しの中にいつも入れています」

男が指差したのは部屋の奥にある引き出し付きの棚だった。

「どれでしょう」

男が案内して棚に近づき一つの引き出しを指差す。渡利は手袋をはめた手でそっと開けてみる。一〇センチ四方くらいの小さな引き出しの中に鍵が一つ入っていた。

「鍵はこれ一つだけですか？」

「はいそうです」

「誰も持っていないということは、家に鍵をかけないんですか？」

「ええ、実はそうなのですよ。敷地の周りにはしっかり塀や門がありますし、ここが趣味に使う家だというのもありまして、いつも施錠はしていません。今日来てみて鍵がかかっていたので、びっくりしたのですよ」

「そうですか。合鍵を持っている人はいますか？」

「私の知る限りではいませんね」

だとすると、まさか密室か。いや、そう結論づけるのは尚早だ。男の知らないところで誰かが合鍵を作っている可能性がある。鍵はしっかり管理されているわけではない。離れの家に鍵はかかっていないのだから、誰でもこの家に出入りできる。鍵の置き場所を知らなくても、この置き場所ならちょっと探せば見つけられる。だが合鍵を作っていたとして、殺人を犯したあとにわざわざ鍵を閉めて出ていくのは不自然な気もする。合鍵の線から犯人が絞り込まれる可能性を考えていなかったのか。殺しをやって興奮していて、そこまで頭が回らなかったのか。とにかく合鍵の線は調べる必要がある。

鍵をそっと取り出し、外側のノブにある鍵穴に挿し、回してたしかにこれがドアの鍵であることを確認して、元の位置に戻しておいた。この鍵は、事件に関係あるなしにかかわらず、あとで鑑識に指紋を取ってもらう必要があるだろう。

安堂は被害者のすぐそばで仁王立ちしている。凶器は見つからなかったようだ。

「被害者の身元についてお尋ねします」

安堂は、そう言って警察手帳を取り出して見せ、名前を言う。渡利もならって、慌ててメモ帳とボールペンを取り出す。

ハーフコートの男は阿部と名乗った。

「被害者の名前は、木曽根銅慈《きそねどうじ》といいます。年齢は五十一歳。棚卸《たなおろし》専門会社である株式会社ミクトラルの代表取締役社長であります」

「間違いありませんね」安堂が問う。

「ええ、毎週二日、社長とは顔を合わせますので間違いありません」

外からサイレンの音がけたたましく聞こえてきた。

安堂は「失礼」と言って玄関のドアを開け、外を見る。振り返ると「話はまたのちほど伺います」と言って外に出た。渡利も一礼して靴を履き、外に出る。パトカーが覆面も入れて三台、到着している。覆面パトカーのほうから佐々木と橋爪が出てきた。

「どうだ！」佐々木がこちらへ歩きながら言う。安堂が答える。

「殺しです。時間が結構経ってますね」

「現場が見たい」

安堂が佐々木を連れて家に入る。長身の佐々木は、ドアをくぐるとき頭が上に当たりそうだった。続いて肥えた橋爪が佐々木を追うようにして家に入る。橋爪はこの寒さだというのに汗だくだ。佐々木が寒がりだからきっと車の暖房を強くかけていたのだろう。佐々木たちが乗る車の暖房はどうやら効きは確かなようだ。佐々木も橋爪も靴を脱いで上がる。玄関の狭い靴脱ぎ場は男たちの靴でいっぱいになった。まずかったかと渡利は考える。状況から考えて犯人の逃走経路は玄関からである。ここに犯人の足跡が残っていたら、それを踏み荒らしてしまったことになる。

阿部は部屋の隅でじっと様子をうかがっている。

佐々木は安堂と同じように遺体の確認をする。

「緊配は無駄だな」そうつぶやく。

佐々木は、妻が遅く帰ってくるとすぐにテレクラをやっていると三段跳びして考える奴だが、事件の見立ては正確だ。佐々木は外に出て、外に集まっている制服警官に現場の保存と、家にいる人間を一つの場所に集めるよう指示をしてまた部屋に戻る。

「で、この人、誰なわけ？」

橋爪が汗を拭き、目をしばしばさせながら渡利に聞く。渡利はついさっき聞いた内容を伝えた。

「へえ、社長かぁ」橋爪はしゃがみ込んで、被害者の顔を覗き込む。

「それで、分かっている状況は？」

佐々木が安堂に聞く。

「ガイシャは木曽根銅慈。五十一歳。株式会社ミクトラルの代表取締役社長。身元の確認はそちらにいる阿部さんがしました。彼は通報者でもあります。遺体の背中に刺創があります。死後半日以上経っている可能性が高い。凶器は見当たりません。他殺でしょう」

渡利が続けた。

「現場到着時には玄関のドアに鍵がかかっていました。ドアを破って進入しました。各部屋の鍵を確認したところ、すべて内側からかかっていました。鍵はあそこの棚にある一つだけです。鍵は中にありました。合鍵の存在は現在不明。ほかの部屋に争った形跡はなし。凶器もざっと見たところありませんでした」

佐々木は阿部に向かって質問する。

「念のため確認しますが、犯人の姿を目撃しましたか？」

「いいえ。見ていません」

「犯人に心当たりはありますか？」

「いいえ。ありません」阿部は淡々と答える。

佐々木はすぐに決断を下した。

「安堂は、第一報を入れろ。渡利は通報者の事情聴取。橋爪はこの家周辺の足跡を確認しろ。俺は家の者を集めて聴取する。三人は終わり次第、俺に合流しろ。後続の奴らには、周辺住民の聞き込みと凶器探しをさせる」

安堂が真っ先に家を飛び出す。続いて太っちょ橋爪がいまだ流れている汗を拭きながら出てゆく。佐々木は玄関に向かわずに部屋の奥に進む。

「家の鍵はここだったか？」

「はい。その棚です」渡利は答える。

鍵の入っている棚は、ロフトに上がる階段の脇に配置されており、全体的に黒ずんだ木製のものである。渡利は引き出しの一つを開ける。佐々木が手袋をつけた手で鍵を取り、目の高さに持っていってしげしげと眺める。

「さっき鍵穴にはめて確かめました。この鍵で間違いありません」

「特殊な形だな」

たしかに持ち手の部分が特殊だ。五角形で、面積も普通の鍵より広い。それに、プラスチックが貼りつけてあり厚い。プラスチックにはロゴマークがある。ロゴが浮き上がるように出っ張っている。会社のロゴだろうか。持ち手の端にはキーホルダーをつける輪があるが三角形になっていて、ここだけ見ても特注の鍵だと分かる。

「そうですね」

佐々木は内ポケットからビニール袋を取り出して中に入れる。鍵の入ったビニール袋を阿部のほうに掲げる。

「鍵、預かりますよ」

「ええどうぞ」阿部が答える。

佐々木はビニール袋をポケットにしまい、家の外に出ていった。渡利は阿部に向き合う。

「すみません、お待たせして」

「いえ、いいんですよ」

阿部を死体の傍に置いたままだったのはまずかったかと、ちらりと考える。阿部があまりにも落ち着いているので放置してしまった。

「別のところで話をしましょう」

「それでは、先ほど行った『趣味の部屋』にしましょうか」

阿部が先頭に立って歩く。第一発見者が犯人だったというケースは少なからずある。渡利は阿部の姿を注意深く観察する。

趣味の部屋に入ると、阿部はイーゼルが立ち並ぶあたりにある木の椅子を持ってきて渡利にすすめる。阿部はハーフコートを脱いだ。渡利は反射的に阿部の全身に視線を走らせる。どこにも血痕はついていない。阿部は凶器など内に秘めていないことを示すかのようにコートを小さく丸めて別の椅子に乗せる。

「さて、何をお話ししたらよろしいですか？」

「まずはお名前を教えてください。下の名前のほうも」

「では」

阿部はポケットから名刺入れを取り出し、名刺を一枚差し出す。阿部康高とある。

「社長付き第二秘書……ですか？」

「はい。私は火曜日と水曜日の担当です。ほかの曜日は、私は棚卸の作業員として働き、秘書業務は第一秘書の石居が担当しています」

今日は水曜日。阿部が秘書業務をやる日だ。

「秘書業務の具体的な仕事内容は？」

「スケジュール管理ですね」

「失礼ですが、あなたの年齢は？」

「三十五歳です」

名刺の脇に三十五歳と書き込み、メモ帳の最後のページに挟む。

「では、遺体の発見状況を教えてください」

「本日、社長はご自宅で昼食をとられるはずでした。そういうときは昼食後にスケジュールの確認をされるのですが、今日は確認に現れなかった。社長は、だいたい十一時半から十二時の間に昼食をとって、十二時にスケジュール確認に来られます。十二時になっても社長が来られないので不審に思い、ご家族の方に確認をしたところ、今日は朝から姿が見えないとの返答をいただきました。社長はいつも朝食をご家族の方と召し上がります。朝食の席を外されるのは珍しいので、気になって捜してみましたところ、この離れの家で倒れているのを発見したという次第です」

「午前中には姿が見えないことに気づかなかったのですか？」

「奇異に思われるかもしれませんが、私たち秘書の仕事は正午から始まります。特に忙しいときでない限り、社長はいつも正午から仕事を始められます。私は十一時三十分に出勤しました。ですから午前中には気づかなかったのです」

「ご家族の方は午前中に捜さなかったのですか？」

「朝食を欠席されたのは不思議に思ったようですが、何か事情があってのことと考えて特に捜さなかったのではないでしょうか」

「午前中は、誰もこの離れの家に来なかったのでしょうか？」

「おそらくそうだと思います。この離れの家を使うのは社長と私ぐらいです。ご家族の方はご利用になりませんし、第一秘書の石居もここへは立ち寄りません」

「社長の姿を最後に見たのはいつでしょうか？」

「私が最後に社長にお会いしたのは、昨日です。昨日は正午にスケジュールの確認をされたときにお姿を拝見いたしました。お姿を見かけたのはそのときが最後です。社長はその日の午後八時に電話でスケジュールを確認されました。昨日の夜はスケジュール調整をしていて、その帰り際だったので午後八時で間違いありません。お声を聞いたのは、そのときが最後です。昨日は特に夜の付き合いにお供させていただくようなこともなく、その電話が最後であります」

ならば木曽根銅慈が殺害されたのは、午後八時以降になる。

「では、この離れの家で普段何をしているのか教えてください」

「ここはもともと、社長が趣味をなさるために建てたものです。最近の社長の趣味は絵画です。こちらにある絵画の用具はすべて社長のものです。最近、私がやりたい趣味の話を社長にしたところ、この屋敷を存分に使っていいという許可をいただいたので、私も使用させていただいています」

「阿部さんの趣味はなんですか？」

阿部はフッと小さく笑って「研究なんですよ」と言った。

「研究？」

「ええ、私は大学生のときに超伝導の研究をしていました。新超伝導体を探索するという実験系の研究だったのですが、その研究が中途半端に終わってしまって心残りだという話を社長にしましたところ、支援をしてやるから存分に続きをやれと言ってくださりまして、こうしてここで研究の続きをさせてもらっています」

「超伝導とは、リニアモーターカーに使われるやつでしたか？」

「そうです、その超伝導です」

「電気抵抗がゼロになるという性質でしたっけ？」

「そうです。厳密にはマイスナー効果とセットにして初めて超伝導と言えるのですがね」

「具体的にはどんな研究をしているのですか？」

「超伝導を示す物質は多岐にわたります。その中で種類が多く、よく研究されているのが金属超伝導体と銅酸化物の高温超伝導体です。私はその中で、高温超伝導体の研究をしています。高温超伝導体に分類される物質は今までに多く発見されています。なので最近の物理学における新物質探索のテーマは、高温超伝導体理論の発展に役立つように、一次元系やラダー系といった低次元系へとシフトしていっていますが、私はまだ従来の構造を持つ高温超伝導体に未発見の物質があるのではないかと考えて、高温超伝導体の特徴であるCuO_2面《カッパーオーツー》を内包する二次元系を中心に新物質探索の実験をしていきます。できれば室温超伝導体を発見したいと思いましてね」

阿部は立ち上がり部屋の隅に移動する。渡利はついていった。

阿部は、部屋に並んでいる部材などを示し、研究の内容を説明する。要約すると、試薬を調合して、圧力をかけて固め、固めた資材を高温で焼いて合成する。資材を焼く焼成炉には、ガスボンベがつながっている。空気中で焼くのと、酸素や窒素のガス中で焼くのでは、できあがりに違いがある場合があるらしい。合成した試料は、超伝導かどうか、液体窒素にひたして電気抵抗を測定する。

阿部が示した電気抵抗測定器は、長い金属の棒があって、その先端に試料をくっつけて液体窒素に近づけて冷やすらしい。金属の棒は、液体窒素を入れるデュワーの上部にフランジで固定できるようになっていて、金属の棒を手で押し下げて試料を液体窒素に近づける構造になっている。全体的に手造り感が漂っているので聞いてみたら、阿部が自分で製作した測定器だった。

「こちらはなんですか？」

渡利が示した先には、アクリル板や金属管が雑然と並んでいる。金属管は、U字、T字、S字などさまざまな形があり、コックがついているものやそうでないものなどさまざまだ。

「これはグローブボックスを作りたいと思っていましてね」

「グローブボックス？」

「毒物など素手で触るのは危険なものを隔離したりするただの箱です。空気に触れたら酸化するような試料を窒素中で保管したりするためにも使用したりする箱ですね。中の物を扱うために台所用手袋みたいなグローブ越しに触るので、グローブボックスという名前がついているのですよ」

「毒物を扱おうとしているのですか？」

「ええ、今後は毒物に分類される原料を扱おうとしています。というのも高温超伝導体は毒物を原料にしているものが多いのですよ。超伝導転移温度が一番高いのは水銀を含む銅酸化物です。ほかにもビスマス、タリウム、鉛など重金属を含む物質に転移温度の高い超伝導体が集中しています。そうなるとやはり高温超伝導体の研究に毒物原料は避けて通れないと言えます。毒物を素手で扱うのは危険なので、グローブボックス中で扱うつもりです」

果たして製薬会社が個人の研究者を相手に毒物を売ってくれるのかは疑問だが、渡利は質問ついでに、グローブボックスの材料の中に見慣れない機械があったので聞いてみた。

「この機械はなんですか？」

その機械は縦一五センチメートル、横三〇センチメートルくらいの箱型のものに円筒が合体したかのような、カタツムリを連想させる金属製のものである。

「これはロータリーポンプといいまして、真空引きする装置ですね」

「真空引きですか……」

「はい。グローブボックスの内圧が高いとグローブに手を入れにくいので、このロータリーポンプで箱の中を減圧して手を入れるのですよ」

「なるほど。研究の内容はだいたい分かりました」半分ほどしか理解できなかったがそう答えて、「教えていただきたいのですが、阿部さんが最後にこの家に入ったのはいつですか？」と質問を続けた。

「だいたい一週間前でしょうか。私は、秘書業務をしていないときは、棚卸の作業員として働いています。今の時期は年度末の決算に向けて棚卸を実施する店が多いので、仕事が忙しいのです。毎年二月と八月が忙しさのピークなんです」

「社長はこの時期でもこの家を利用するのでしょうか？」

「社長は年中忙しい方ですから、どの時期でもこの家に入るのは二週間に一度くらいでしょうか。そちらにある絵は、もう一年も前から描いているものなのですが、いまだに完成していないのですよ」

ほかに何か聞くことはないだろうか。あとで報告しなければならないし、ほかの刑事にこの聴取の内容は聞かれるだろうから、漏れがないようにしておかなくてはならない。

「昨晩はどこで何をしていましたか？」

「昨晩は自宅にいましたね。小説を読んでいました」

「自宅には一人でいたのですか？」

「はい、そうですね」

そう答えると阿部はにやりと笑い「アリバイを証明する人間はいませんよ」。

「はあ、アリバイですか……」

渡利はあいまいに答える。まだ死亡推定時刻は特定されてはいない。昨晩である可能性は高いが。

「この家の鍵についてお尋ねします。この家の鍵が最後に使われたのはいつでしょうか？」

「さあ分かりませんね。私はここの鍵を使ったことがありませんので」

「鍵を最近使用したのは誰だかご存知ですか？」

「いいえ分かりませんね」

ほか、被害者周りの不審人物や、不穏な出来事を聞いたが空振りに終わり、家族関係について聞いても、めぼしい情報は得られなかった。

「これから母屋のほうに行くのですが、みなさんそちらに集まっていると思いますので、できたらそちらに移動していただけませんか」

「はい、かまいませんよ」

二人は立ち上がって、離れの家を出る。玄関を通るとき、渡利は阿部の様子をひそかに見ていたが、阿部は死体には一瞥《いちべつ》もくれず、さっさと外に出ていった。現場には通行帯が敷かれており、鑑識員が死体を取り囲み、作業をしていた。

外は青いビニールシートが張られ、黄色のテープが現場を囲んでいた。パトカーや鑑識のワゴンが庭のほうまで入り込んできている。空には硬そうな雲が浮いていた。雪が降ってきそうな気がして渡利はひとつ身震いをした。母屋に向かって先を歩いていた阿部が振り返り微笑んだ。理由が分からなくて目で尋ねると、阿部は「刑事さんはどうしてジャンパーなのですか？」。

阿部の質問に渡利はちょっと面食らう。たしかにほかの刑事はたいていスーツにコートである。ジャンパー派は少ない。渡利が着ているジャンパーは、去年別れた彼女から付き合っていたときに誕生日プレゼントでもらったものである。彼女はテレビの刑事ドラマに出ていた登場人物の名前を挙げて、その刑事みたいになってよと、本気かどうか分からない微妙な笑顔で言っていたのを思い出したが、それを今ここで語る気にはならず「こっちのほうが動きやすいので」と答えておいた。ジャンパーの色や形は、テレビドラマの刑事が着ていたものと似ているから、言わなくても大方の予想はついてしまうかもしれない。

母屋に入ると暖房が効いていて暖かかった。玄関に入ってすぐのところに三階まで吹き抜けのロビーがあり、正面に螺旋《らせん》階段がある。床には赤の絨毯が敷き詰められ、壁にはいたるところに大きな絵がかけてある。ロビーの右側にある両開きのドアが開け放たれて、中に人がいたのでそちらに向かった。

部屋の中には不必要なまでに各所がねじれ曲がった椅子や、毛足の長い絨毯があり、奥には暖炉があって薪《まき》が燃えている。応接室のようだ。中央の椅子で安堂が携帯電話をいじっていた。

「よう」渡利に気がついて、片手をあげる。

「みんなはどこにいる？」

「各部屋に分かれて事情聴取。俺はお前みたいに入ってくる奴の案内係。まあ、はじかれちまったってやつだな」

安堂は肩をすくめる。顔は晴れ晴れとしている。殺人事件に関われたからだろうが、それにしては気楽な様子だ。もう事件は解決したと言わんばかりに。

「なあ、渡利」

安堂はそう言って立ち上がり、渡利の肩を抱えて部屋の外に連れてゆく。扉を閉めるとき、中にいる阿部に「しばらくそこで待っていてください」と声をかけて。

「なんだ？」

ロビーの反対側まで連れて行って、ようやく安堂は口を開く。

「この事件。捜査本部を待たずして解決かもしれねぇ」

「犯人が割れたか？」

「いや。証拠はない。ただな……」

安堂は周囲を見回し、声を潜める。

「ガイシャの奥さんの奏子《かなこ》ってやつが、今朝から行方不明だ」

「確かか？」

「ああ。今日の朝食に顔を出さなかった。いつもは家で食べているのにだ。それに今日は『英語クラブ』っていう近所の仲間でやる英会話教室が午前中にあって、奏子はそのメンバーなんだが、そっちに確認したら来なかったときた。今までにこんなことはなかったようだぜ。早速、奏子捜索を第一優先にして動いている」

たしかにこのタイミングで行方《ゆくえ》をくらましているとなれば、自分は容疑者ですと名乗っているようなものだ。安堂が気楽に構えているのが分かるような気がした。

「なあ、阿部はどうだった？」

　渡利はさっきまでの話を聞かせた。阿部の言動におかしなところはなかったように思う。毒物を扱うという物騒な話はあったが、それはこれからのことだし、事件に阿部が絡んでいる可能性は低そうだ。だが、渡利は、阿部の研究内容に至るまでできるだけ細かく伝えた。

「趣味で研究ねえ……、金持ちに気に入られると気楽に生きられるもんだな」

　阿部に聞こえないよう小さめの声で安堂が言う。

「それにしてもよぉ」安堂が周囲を見上げる。天井にはシャンデリア。さらに天井には大きな絵が描かれてあり、柱の付近には高そうな壺やら置物が乱立している。あまった金がいくらでもありそうだと感じさせられる内装だ。

「棚卸って儲かるんだな」投げ捨てるように安堂が言う。

「らしいな」

「っていうかさぁ」安堂は渡利に顔を近づける。「なんか聞きにくくて聞けなかったんだけどさぁ……、棚卸ってなんだ？」

「知らないのか？」

「まあな」

　安堂は憮然とした表情で後ろ髪をわさわさ触る。

「商品を売っているスーパーみたいな店の場合で言うと、店の資産って言ったら、建物とか土地とかレジの中にある金とか、貸し金庫に預けている金とか考えられるけど、そのほかに、店に並べている商品も資産と言える。仕入れ業者から金で買っているものだし、お客が買えば金に化けるものだからな」

「まあな」

「店の資産がどれくらいあるのか調べたり、店の在庫がどのくらいあるのか調べたり、または万引きや仕入れ作業ミスでどれくらい損失が出ているか調べたり、利益がどれくらい出ているのかを算出したり、そういう財務状態を調べるには、どの商品がどれくらいあるのかを全て数え上げなければならない。それで店の商品の種類と量を総点検するのが棚卸だよ」

「なるほど。ミクトラルはその専門業者か。アウトソーシングってか？」

「そういうことだ。棚卸は年に数回のことだから、自社でやっていてはなかなかスキルの向上が望めない。だがミクトラルのように毎日棚卸をやっている専門業者に業務委託すれば、最初っからレベルの高い棚卸ができる。スキルが高いから、作業にかかる時間が短い。作業時間が短いと人件費が安くて済む。外注ならデータ集計に必要な機材を用意する必要がないから準備費用もかからない。そうなると自社で棚卸するよりミクトラルに委託したほうが安上がりになる。だから店はミクトラルに業務委託をする。そうするとミクトラルが儲かるという仕組だよ」

「やけに詳しいな。阿部に聞いたのか？」

「いや、前に雑誌でミクトラルが紹介されていた。ここにミクトラルの社長がいるっていうのを聞いていたから、気になって読んだんだよ」

「なんだ、そうか」

安堂はロビー脇に置いてある木の彫刻を手でポンとたたく。

「さて、どうする？」安堂が言う。「家に入ってくる奴は阿部にあしらってもらって、俺たちは周辺住民の聞き込みか凶器探ししようぜ」

「そうだな。確認したいことがあるから聞き込みのほうに行こう」

「よっしゃ。じゃちょっと待ってろ」

安堂は応接室に走ってゆき、阿部といくつか言葉を交わして帰ってきた。外に出るときに、安堂から被害者の家族構成を聞いておいた。被害者の妻が、行方不明になっている木曽根奏子。子供は二人いて、姉の奈津子と弟の総司。家によく出入りする人間は、第一秘書の石居、第二秘書の阿部。そして住み込みの家政婦が二人いて、名前が小島住美子と、朝霧芳江だった。渡利はそれらの名前をメモ帳の新しいページに並べて書いた。

玄関を出ると、冷たい風が正面から吹きつけてきた。パトカーやワゴン車が乱雑に並んでいる間を縫って門を出る。ルーフに臭気用ダクトのついた遺体搬送車が来ていた。家の前の道は、左右共に家から遠ざかる方向にカーブしていて坂が下っている。木曽根邸はちょっとした丘の頂上に建っていることになる。前方は視界が開け、坂に生えている木々の向こう、遠くに小田急線の本厚木駅が見える。まずは左の道を行こうと決めて二人で下っていった。渡利はジャンパーのポケットに手を突っ込む。

　坂を下って間もなく、黒のクラウンが勢いよく坂を登ってきて、木曽根邸の前で急停止する。中からスーツ姿の男が現れた。少し背が曲がっている老人だった。手には薄いアタッシェケースを持っている。安堂は、坂道を駆け上がってゆき、老人に話しかける。渡利も後に続いた。

「どちら様でしょうか？」

　安堂は警察手帳を提示する。

「あ、これはどうも。私は、株式会社ミクトラルの顧問弁護士をさせていただいている三坂という者でございます」

　三坂弁護士は嗄《しゃが》れた声で挨拶すると、ゆっくり頭を垂れる。老人はこの寒さだというのに、コートなど羽織るものを着ていない。見たところ着ているスーツは冬用の生地の厚いものであるが、それでも寒いだろうに。コートを羽織るのも忘れて、急いで出てきたのか。

「用件はなんでしょう？」

「はい。なんでも社長が殺害されたと聞きまして、取り急ぎ駆けつけた次第でありま
す」

七三に分けた長めの髪を手で整えながら言う。

「何か事件に関わる情報をお持ちなのですか？」

「いえいえいえ、そういう訳ではございません」老人は左右に大きく手を振る。

「では、なぜ来たのですか？」

安堂が詰め寄ると、三坂弁護士は、質問で返してきた。

「社長が亡くなったというのは本当でしょうか？」

「はい。間違いありません」

安堂が言うと、老人は今初めて死んだと知ったかのように曲がった背を反らし、目
を大きく見開いて驚く。

安堂が「ここへ来た用件は？」とせかすように聞く。

「ええと、そうです。えー私は社長の遺言執行者を任されておりまして、総司君に呼
ばれて遺言を皆さんにお伝えするべく参上したしだいであります」

「あ、そういうことでしたか。それなら私が案内しますよ」

安堂は三坂弁護士の背中に手を添えて、母屋のほうに誘導する。どことなく嬉しそ
うである。もし行方不明の奏子ないし、家族の誰かが犯人であったなら、遺産目当て

ない。
犯人が奏子だと考えている安堂は、逮捕に必要な情報が出揃ったと喜んでいるに違いない。

の動機が考えられる。犯行動機の答えが三坂の持っている遺言状にあるかもしれない。

応接室に入ると阿部が暖炉の傍で直立していた。三坂弁護士を目に留めると阿部は会釈する。安堂は「みんなを呼んできますよ」と元気よく言うと、応接室の奥にある通路へ軽快な足取りで向かう。

最初に応接室に来たのは、若い娘だった。おそらく娘の奈津子だ。髪の長い女だった。目が少し腫《は》れぼったい。父の死を聞いて泣いたか。部屋に入ると一同に軽く会釈をして、伏し目がちに静かに歩き、近くのソファに腰かける。足首まで隠れるワンピースの上にカーディガンを羽織っている。彼女の後ろから佐々木がついてきた。

続いて長身の青年が現れる。彼は応接室に入ってきて三坂弁護士を見つけると「先生、お久しぶりです」とにこやかに挨拶して老人と握手をする。

「総司君、久しぶりですね。元気で何よりです」

三坂弁護士も顔をほころばせる。

「お忙しいところ、わざわざすみませんでした」

父が死んだと知った直後の人間とは思えない、快活な言い方だった。

「いえいえ、このたびはなんたる災難。さぞやおつらいでしょうに」

総司は、老人の言葉を軽く受け流し、居並ぶ人間たちを見回して軽くフッと笑い飛ばすような表情をちらりと浮かべた。奈津子とは別のソファに座り、背もたれに体重を預けて腕と足を組む。総司の後ろからは渡利と同じ部署の横田が現れ、窓際に立って背を壁に当て、細長いメガネを手で位置調整する。

「なあ」総司が佐々木に向かって言う。

「なんでしょう」

「石居は来てるのか？」

「呼びはしましたが、まだのようです。ちょっとお待ちを」

佐々木はポケットから携帯電話を取り出すと、一同に背中を向けて電話をかける。

その間に、橋爪が初老の女性を連れてくる。家政婦の小島住美子か朝霧芳江のどちらかだろう。

佐々木がしばらくして振り返る。「近くまで来ているようです」

「じゃあ待つとするか」

総司は、両手を左右に伸ばしソファの背もたれに乗せる。

五分後、玄関のほうから足音が聞こえてきて、刑事二人に連れられて男が少し慌てた様子で応接室に入ってきた。被害者より少し若めの男だった。白のスラックスに緑のセーターを着ている。

「石居啓次郎さんですね」佐々木が確認する。

「はい。社長がお亡くなりになったのは本当ですか？」信じられぬと言いたげだ。

「はい、残念ながら」

「そんな」

石居はうつむくが、口元が一瞬緩むのを渡利は見逃さなかった。今の笑みはなんだ。

石居が再び顔を上げたときは、表情は硬くなっていた。

総司が立ち上がる。なかなかの長身だ。総司は一同を睥睨《へいげい》する。父親似ではないなと渡利は感じた。総司は顔の造形が全体的にのっぺりとした平らな感じなのに対して、銅慈は南方系の彫りの深い濃い顔立ちだった。

「さて、一人足りないがかまわない。なあ、母さんはまだ見つからないんだろ」

「はい。まだですね」佐々木が答える。

「じゃあ、はじめるぞ。三坂先生、お願いします」

「もしかして、ここで遺言状を開封するのですか？」

驚いて目を瞬《しばたた》かせる老人。

「そうですよ。これは刑事たちに聞かせる必要がある」

「ほう、それはまさか……」

「待った。それを考えるのは刑事だ。先生は遺言状を読んでくれればいい」

三坂弁護士はしばらく目をさまよわせたが、やがてあきらめたように、アタッシェケースを部屋の中央にあるテーブルに載せ、中からＡ４サイズの茶封筒を取り出す。封筒の表には「遺言状」とあり、その下のほうには、三坂法律事務所と老人でも難なく読めるほど大きな字で書かれている。封筒に封はしていない。三坂弁護士は、中から真っ白な紙を取り出す。

「えー、では読み上げます」

老人は一同を見回し、いくつか咳払いをする。

「遺言者木曽根銅慈は、次のとおり遺言する。一、遺言者は妻奏子に後記に示す土地を相続させる」土地の所在、地番、地目、地積を読みあげたあと、「これはこの家が建っている土地のことです」と説明した。

「二、遺言者は、娘奈津子に後記に示す建物とこれに属する一切の財産を相続させる」建物の所在、家屋番号、種類、床面積を読み上げ、「これはこの場所に建っている家です」と説明。

「三、遺言者は、娘奈津子に、後記に示す建物とこれに属する一切の財産を相続させる」再び、建物の所在等を述べ、門の近くに建っている趣味用の家のことだと説明した。

「四、後記に示す銀行にある預金および遺言者の所有する株券を、後記に示す割合で相続または遺贈する」銀行の名前を四つ挙げ、預金と株券を分配する割合を次のように発表する。奏子、四〇％。奈津子、四〇％。石居啓次郎、一〇％。阿部康高、一〇％。

「五、妻奏子亡き時は、妻奏子の相続分は娘奈津子が相続するものとする」

渡利はちょっと待てと言いたかったが最後まで聞くことにした。

「六、本遺言の遺言執行者として次の者を指定する。弁護士、三坂晋次」

最後に遺言を記した年月日と、湯馬、今上という証人の名前を述べて三坂弁護士は黙る。証人はミクトラルの役員という話だった。

必死にメモを取っていた刑事たちだったが、書き終えると自然に息子の総司に視線が集まる。渡利も総司を見た。遺言書には総司の名前は一度も出てこなかった。

総司はソファに座っていた。腕を組み余裕の笑みを浮かべている。刑事たちの視線など何の痛痒《つうよう》も感じていないようだ。刑事たちの機先を制して総司が立ち上がり、みんなによく聞こえる大きな声で言い放つ。

「そうだよ。聞いたとおりだ。俺には一円たりとも入っちゃこない。だがな、これは俺と父さんとの話し合いの結果だ。俺は財産なんていらねえと言ったんだよ。自分の金は自分で作るって言ってな。だが、刑事たちに聞かせたいのはそんなことじゃない」

総司は黙って一同を見回す。奈津子は心配そうに総司を見上げている。石居はどことなく落ち着きなく視線をさまよわせている。阿部はなんの表情も浮かべずに床の一点を見ている。総司が続きを言わないので、佐々木が先を促す。「何を聞かせたいのですか？」

総司は、にやりと笑う。

「聞かせたいのはだな、俺たちがこの遺言を知ったのは今じゃないってことだよ」

「事前に聞かされていたのですか？」と佐々木。

「ああ、そうだ。四ヶ月くらい前に父さんは俺たちを集めて言った。家だの土地だのという話はしちゃいないが、株券と銀行の金を誰に何%という話はした。そして俺たちはその遺言に同意した。石居と阿部はよく仕えてくれているからだとよ。なあ、そうだろ石居、阿部。お前たちも聞いたよな」

石居は少し慌てた様子で口ごもりぎみに「は、はい。聞きました」と答え、阿部はやはりなんの表情も浮かべずに「はい」とだけ言った。

「これが何を意味するのか分かるだろ。これが分からないほどお前らはバカじゃないよな」

たしかに分かる。遺産目当てで今回の殺人が行われたと言いたいのだ。容疑者は、妻の奏子と娘の奈津子、第一秘書の石居に第二秘書の阿部。このうち妻の奏子は行方をくらましている。今回の事件は遺産目当てだと言いたいために、総司は三坂弁護士を呼んだのだろう。この遺言書は、容疑者の範囲を絞り込む有力な情報である。

渡利は安堂を見た。笑いがこらえきれずに、口角が片方つりあがっている。もう安堂の目には妻の奏子しか映っていないだろう。

代表して佐々木が質問する。

「遺産とは具体的にいくらぐらいなのでしょうか？」

老人はしばし逡巡《しゅんじゅん》したあと、「まあかまいませんか」とつぶやく。「株券の額と貯金額を総じると、総額はしめて九億八千万ほどになります」

刑事たちの軽く息を呑む気配が伝わってくる。刑事の仕事をしていては、到底たどり着けない金額である。あまりの金額に渡利は圧倒された。

渡利はちらりと阿部を見る。思えば阿部の落ち着きぶりには違和感がある。普通の人間は事件、特に殺人事件に遭遇すると、少なからず普段どおりに振る舞えないものだ。非日常の体験にとまどい迷うのが普通だ。阿部はまるで、事件など何度も見慣れている人間であるかのように心の動きが見えてこない。終始、不自然なまでに冷静だ。これは覚えておく必要があるだろう。

再び各個の事情聴取をするため各人が応接室を出ていった。渡利は頭を整理しようと、ロビーのほうへ出た。

メモ帳を繰りながら今までの話を振り返っていると、安堂がロビーに出てきた。

「よう」顔は晴れ晴れとしている。

「犯人は奏子じゃないかもしれないよ」

「どうせたいした根拠はないだろ」

「ばれたか」

結論を急ぎすぎる安堂を戒めようと言ったのが簡単にばれてしまった。もう安堂とはそれほどの付き合いになるのか。ただ一点、渡利は気になることがある。被害者の死を知ったときの石居の笑みだ。たくらみごと、それも後ろ暗いたくらみが成就したときのような、してやったり、思いどおりになったと言いたげな悪魔的な笑顔であった。社長の死で自分に遺産が転がり込んでくるのが分かっていたからだろうか。石居には気をつけねばなるまい。

応接室に留まっていては、先ほどの安堂のように留守番を任されるかもしれないので、早々に二人で周辺住民の聞き込みに出かけた。現場には、早くも県警の刑事が数人やってきており、たむろして何かを話していた。

今度こそ、寒空の下、二人で坂道を下っていった。

＊

――午後七時に捜査本部。

課長からそんなメールが来たので六時に仕事を切り上げて、牛丼チェーン店で夕食を済ませてから、署に向かった。外は身が切れるような寒さで、渡利と安堂の二人は逃げるように署に飛び込んだ。周辺住民の聞き込みは、たいした収穫がなかった。一番近い家でも三〇メートルは離れており、間には雑木林が広がっている。普段から木曽根邸から聞こえてくる音は何もないそうだ。昨日から今日にかけても、パトカーのサイレン音以外何も聞いていない。不審な人物についても見なかったと答えた。奏子発見の報告も出ていない。

署に戻ると、署内が少し慌しい。講堂に行く途中で課長を見つけると、課長は開口一番「早く行け」と講堂のほうを指していらだち気味に言った。課長は現場から叩き上げの刑事であるが、古参の刑事に聞いた話では前線で活躍していたころとはだいぶ性格が変わり、神経質になったらしい。今の課長は終始いらだっており、なついていないペットのように接しにくい存在になっている。

講堂に入ると前のほうには県警の刑事が席を占め、腕組みしている者、メモとペンを持っている者などさまざまである。中には県警のエースクラスに数えあげられる刑事・北島景三がいた。北島は近いうちに県警の捜査一課長になると目されている実力者だ。渡利は全体が見渡せる入り口付近に座った。

最初に、捜査本部長を務める県警刑事部部長の言葉があり、捜査副本部長の本厚木署長と続き、事件の指揮をとる事件主任官を務める人物が前に立った。角張った顔つきの、顔の筋肉が硬そうな人物だ。馬渡《まわたり》と名乗る。県警の捜査一課長だ。馬渡捜査一課長は、張り詰めた空気の講堂を見渡し、ハリのある声で言った。

「いいか。本件は短期決戦で決着をつける。各自持てる力を最大限に発揮し、最高の集中力でもって事に当たれ。絶対にホシを挙げろ。これはしっかり覚えておけ。必ずホシを明るみのもとに引っ張り出すんだ！」

まずは状況把握から始まった。主に佐々木が説明をして、署員が前にある黒板に状況を書き記す。次に、鑑識から代表して丸顔の鴨下が、現在までに分かっている検死結果を伝える。木曽根銅慈は、背中から刺され、肋骨を突き破って、傷は心臓部左心室まで達しており、それが致命傷となっての失血死だった。傷口の形からして、凶器は刺身包丁のような細長い刃物である。死亡推定時刻は、聞き込みで分かった夕食の時間と、胃の中の残留物の状態を照らし合わせて、昨晩の午後十時から十二時の間だと確定した。

次に馬渡捜査一課長の指揮で、現在までに分かっているアリバイをホワイトボードにまとめる。まとめ上げたところで、佐々木から順に今日の捜査内容と得た情報を発表してゆく。渡利は、駆けつけた時の状況と阿部の事情聴取の内容、それに周辺住民の聞き込みの結果を発表した。

遺言書については佐々木が代表して説明した。遺言書の内容も黒板に書き込まれる。遺言の話になったとき丸顔の橋爪が、「十億なんてすごいよね。一度脱税とかそっち方面で調べたほうがいいんじゃないの？」と笑いながら言う。誰も話には乗らない。橋爪の言うとおりかもしれないが、今ここで話すべき内容ではない。場の空気が読めない橋爪は、笑顔を残した表情で「あれ？」。

第一秘書の石居のアリバイは横田が聞いていた。高校時代の同窓会がこの日に兵庫県の姫路市で行われていた。石居は正午から四時まで、市内の小料理屋の座敷で参加者十五名の同窓会に出席。この日は帰らずに市内のホテルに宿泊し、今日の朝に帰ってきた。自分がホテルに泊まったことは、従業員が覚えているはずだという説明だった。横田は周囲の刑事たちの視線など歯牙《しが》にもかけず、いつもどおり斜《はす》に構えた姿勢で、細長いメガネをときどき手で微調整しながら、面倒臭そうに説明する。

家政婦の小島は、一昨日から体調不良のため、木曽根邸を離れ、娘の自宅で世話になっている。看病は娘が行い、一日中目を離さなかった。事件の日の午後二時ごろ近くの病院に行き、薬を処方してもらう。そして六時ごろ夕食をとって薬を飲み、八時には就寝していたという。こちらは、家政婦の朝霧を聴取した橋爪が確認している。朝霧の聴取が終わってすぐ、小島の娘宅に出向いて話を聞いてきた。たしかに小島は熱で倒れた病人らしい様子だったとのこと。

妻の奏子については、昨晩の八時の夕食以降誰も姿を見ておらず、周辺住民からの聞き込みでも、その時刻以降に姿を見たという証言は得られなかった。被害者の死亡推定時刻前後の時間帯についても、周辺住民からの聞き込みは成果ナシだった。

合鍵については横田が話した。横田は佐々木から鍵を受け取り、今日は近所の合鍵屋二件を回ってきた。横田は今日回った二件はどちらも外れだと言う。持ち手の部分が特殊な鍵だから、鍵屋の話では絶対にウチでは合鍵を作っていないという話だった。

合鍵の話が出たとき、県警のエース・北島が質問した。

「鴨下さん。鍵の指紋はどうでしたか」

突然話が飛んできて、鑑識の鴨下は体を一度びくつかせたあと、手元の紙束を急いでめくる。

「ええと、鍵の指紋は二種類ですね。一つは被害者の木曽根銅慈で、もう一つは第二秘書の阿部康高ですね」

ほか、犯行時刻に怪しい物音を聞いた者もいない。怪しい人影を見た者もいなかった。

　血痕について、鑑識が離れの家の中とその周辺をくまなく探したが、被害者が倒れていたところ以外に見つからなかった。明日以降は範囲を広げて確認するのだが、犯行現場は、被害者が倒れていた離れの家の居間中央付近と言っていいだろう。現場に争った形跡も見られない。不意をつかれたのだろうが、近親者の犯行である可能性が高い。第一発見者の阿部康高は、署まで同行させ、別の刑事が詳しく事情聴取したが、渡利が聞いた以上の情報は得られなかった。話が出尽くしたところで馬渡捜査一課長が言う。

「鴨下君」

「は、はい」上ずった声で鴨下が答える。

「現場の遺留物はどうかね」

「は、はい」また手元の紙束を急いでめくる。「そのあたりはくまなく調査しており、遺留物と思われるものを回収し、現在は分析を進めている段階です。殺害現場となっております家に出入りしているのは、被害者の木曽根銅慈と第二秘書の阿部康高でして、今のところは両者の物と思われる物しか出ておりません」

　ときどき声を上ずらせながら答える。丸い顔に汗がひと筋流れる。

　馬渡捜査一課長は決断した。

「では、優先順位を決める。第一優先、妻奏子の捜索。第二優先、本日聞いた関係者のアリバイ確認。第三優先、現場検証。遺留物について捜索、主に凶器探し。また鍵の問題について調査。第四優先、株式会社ミクトラルの従業員に聴取。事件に関係ありそうな人物を挙げる。第五優先、周辺住民に聴取。何か意見はあるか？」

馬渡捜査一課長が周囲を見渡す。

渡利は、おずおずと手をあげる。

「君は渡利君だったか。なんだね」

「奏子捜索を第一優先にするのは分かりますが、ほかの可能性も考えたほうがいいと思います。行方をくらませば犯人として追われるのは目に見えています。わざわざ疑われるようなことを普通するでしょうか」

安堂が反応した。

「無計画で衝動的な犯行なんだろうよ。文字どおり金に目がくらんだってやつだ」

「そうだろうか。だったらなぜわざわざ鍵を閉めて出て行ったのだろう」

「それは……」安堂は言葉に詰まる。「なんだろうな……」口を尖らせて天井を向く。

「では誰が疑わしいのかね」馬渡捜査一課長が聞く。

「第一秘書の石居です。ガイシャが死んだと知ったときに、口の端に笑みを浮かべました。計画がうまくいったと言いたげな笑みに見えました。それに遺言書を読んでいた。

るとき、妙に落ち着きがありませんでした」

「石居には姫路で同窓会というアリバイがあるが」

「きちんと洗えば、穴があるかもしれません」

「よし。では、渡利君、君がアリバイを洗いたまえ」

「はい。分かりました」

「緒川。渡利君と組んで石居の担当だ」

呼ばれた刑事は、県警刑事の中で唯一の女であり、また唯一メモをとっていなかった。記憶に自信があるのか、それともやる気がないのか。腕を組んで椅子の背に体重をかけて目を閉じていたが、名前を呼ばれると、目を開けて、ぶっきらぼうに「はい」と答える。

ほかの担当も馬渡捜査一課長が配分していく。鍵は引き続き横田が調査することになった。安堂は県警の刑事とともに、被害者家族の事情聴取。橋爪と佐々木は、それぞれ県警の刑事と組んで奏子捜索についた。鑑識はもう一度現場を洗うことになった。県警刑事のうち三人はなんの指示も与えられなかった。おそらくフリーで動くのだろう。その中に北島も含まれていた。加えて現場を荒らされないように二四時間体制で現場の監視をすることが決まった。鍵や凶器の問題など、まだ現場を調べる要素があるとの説明である。これは制服警官にやらせるのではなく、刑事の中から選抜されたのは意外だった。半日交代で就くようだ。

渡利は横田に石居の泊まったホテルの名前を聞いた。横田は同窓会の幹事の連絡先やホテルの大まかな住所も押さえてあり、それをもったいぶった口調で教えてくれる。メモを終えて「よし」とつぶやき、振り返ったところに緒川がそびえ立っていた。柔道の試合で上位に入ること間違いなしと思えるようながっしりとした体格に、人を威圧するのに充分な強い視線。「男まさり」という言葉がぴったりの大女である。緒川は、ポケットに手を入れたままの姿勢で、渡利を見下すような目で「行くぞ」とだけつぶやいた。

「今からですか？　電車ありますかね」

電車はもしかしたらあるかもしれない。だが、あったとして行き先は兵庫県の姫路市だ。ここは神奈川県の厚木。着くのは間違いなく深夜になる。さすがに深夜に聞き込みをするのは相手の都合もあるので成果があがらない。急いだところでなんの得もない。

「夜行バスがあるだろう」

なるほどその手があったか。渡利は観念して、先に講堂を出ていった緒川のあとについていった。緒川を追い越し、時刻表を置いてある棚に向かう。時刻表を取り出し、深夜バスの頁をめくる。新宿バスターミナル発のプリンセスロード号が姫路まで行く。

発時刻は二十二時三十分。渡利は腕時計を見る。いますぐ出発すれば、ぎりぎり間に合う時間だ。念のため新幹線のページもめくってみる。姫路に着く最終電車はすでに東京を出ていた。

移動中、緒川は不機嫌そうに腕を組み、渡利と話をしようとしなかった。

バスが新宿ターミナルを出て、五分くらい経ってから渡利は捜査情報を書いた手帳をめくり内容を確認する。阿部の項目を見ているとき、反射的に渡利は「阿部も怪しいんですよね」と言っていた。

窓の外を見ていた緒川は目を渡利に移し、「なぜだ」。

「なんだか妙に落ち着いているんですよ。なんだか事件慣れしているっていうか、警察慣れしているっていう感じがするんですよね」

それだけではない。最初名刺を見たときから思っていたのだが、阿部康高という名前はどこかで聞いた覚えがある。どこで聞いたのかは思い出せないが。

「前科があると言いたいのか？」

「かもしれないなと」

緒川は携帯電話を取り出し、どこかにかける。そこで阿部の前科を確認するように指示した。切ってすぐに緒川の携帯電話が鳴る。緒川は相槌を打つだけで通話を切る。

「今後、お前のカンはあてにしないようにする」

そう言って、緒川は携帯電話をスーツの内ポケットにしまうと腕を組んで窓のほうに体を倒して目をつむる。どうやら阿部に前科はなかったようだ。

渡利は後ろの座席の人にひと声かけて背もたれを倒し、眠りについた。気分が高揚しているのか、場所がバスの中だからか、なかなか睡魔は訪れてこなかった。

*

二日目。姫路の朝は快晴だった。定刻どおり朝八時に兵庫県の姫路駅前で止まったバスを降り、固まった体をほぐす。突き刺さるような寒さだが、周囲に車が少ないせいか、朝の空気は澄んでいるように思え、深呼吸をすると気持ちいい。

まずは同窓会の幹事と石居が泊まったホテルに電話をかけアポイントメントをとり、姫路駅からの道順を聞く。両者とも警察だと名乗ると声に緊張が乗ったが、事情を話すと快く来訪を承諾してくれた。幹事は御幸通りというアーケード通りで、たこ焼き屋を営んでいた。

二人は、線路から見て垂直に延びる大手前通りを、駅舎を背に、東側の歩道を北に向かって進む。大手前通りは幅の広い道で、中央には緑を植えている中央分離帯がある。左右には車線二本分くらいの幅の広い歩道があり、街路樹は車道に沿って一列に並んでいる。大手前通りは北に向かってまっすぐ延び、延びた先に、姫路城が木々を間に挟んで見えている。道にはオレンジ色のバスが行き交う。

適当な所で右に曲がり、大手前通りを離れる。大手前通りと平行して延びている御幸通りに入った。アーチ状の天井があるアーケードで左右に店が建ち並ぶ。玩具屋、団子屋の傍にファストフード店があったりと、新旧入り混じる統一感のない並びだった。目指すたこ焼き屋は、すぐ見つかった。幅三メートルくらいの小さな店で、今はシャッターが下りている。開店は十時とシャッターに書いてある。

店長は胸板が厚く腕の太い男だった。仕込みの最中だったらしい。

「ああ、石ちゃんね。ちゃんといてましたよ。同窓会は正午からだったんやけど、石ちゃん十一時半には来ていてね。私も同じくらいの時間に行ったもんやから、しばらく店の前で話し込んじゃいましたよ。いろいろ近況報告とか、思い出話とかね。石ちゃんちょっと痩せたけ？　なんて話とかもね。同窓会は全部で十五人でしたよ。先生も入れて十五人。そっから四時までずっとしゃべりっぱなしですわ。食事が出ていたんやけど、みんな食事はそこそこに飲みっぱなしですわ。俺は石ちゃんと、あと鉄《てっ》ちゃんっていうのがいるんやけどね、その二人とよく話してたなあ。今回は石ちゃんなんや結構飲んでましてね、石ちゃん、酒に弱いもんで終わったころにはべろべろやったなあ。終わりは四時きっかりですわ。四時に記念写真を撮ってそこで解散。まあ、二、三人で続きをやった奴もおるんですけど、たいていは家に帰りました」

渡利は、同窓会のあと石居は一人だったかを聞いた。石居は一人でホテルに向かったようだ。石居は酔っていたので店長は心配だったようだが、店長のほうに用事があったため、結局、石居一人で帰らせた。

同窓会をやった小料理屋の場所と連絡先を聞いて、その場を去ることにした。

御幸通りを離れて再び大手前通りに戻る。

途中、渡利は気になったことがあるので、携帯電話を取り出し、横田に電話を入れる。なぜ石居は同窓会のあとすぐに帰らずにホテルに泊まったのか。石居の聴取をした横田は聞いているかもしれない。横田はすぐに出た。話を聞いてみると、石居は誰かと会う約束があって残ったのだが、ドタキャンされて一人でホテルに宿泊したとのことだった。横田との会話の内容は、緒川にも伝えておいた。

大手前通りを南下して駅に向かう。駅にたどり着くと、線路沿いに西に進む。二、三分経って目指す小料理屋にたどり着く。そこで回れ右をして腕時計で時間を確認してから歩きだす。再び大手前通りに入り、今度は西側の歩道を北上する。まっすぐ突き当たりまで進むと、姫路城にたどり着く。姫路城の外堀の外周には柳が並んでいる。道を西に曲がり、姫路城を右手に見ながら進む。左側に白壁の建物が並び、みやげ物を売っていた。みやげ物屋の奥は芝生の公園だ。このあたりに来ると姫路城周辺は観光に力を入れているのが分かる。道路は奇麗でゴミひとつなく、道路や歩道は整備が行き届いている。このあたりの風景はトーンが少し明るく見える。観光客と思われる外国人の集団とすれ違う。みやげ物屋の並びを抜けると広い駐車場が左に広がる。大手門駐車場という名前だった。二人の前を大きな観光バスが横切り、大手門駐車場の中に入ってゆく。大手門駐車場の周りを三分の一周回ったところに目指すホテルがあった。

小料理屋からホテルまで歩いて二〇分。石居は酒に酔っていたというから、まっすぐホテルに進んで三〇分というところか。

一般的なビジネスホテルだ。自動ドアをくぐり、薄暗いロビーに入る。カウンターは石製で、高さが普通のカウンターと比べて少々高い。カウンターの中には誰もいない。呼び鈴があったので使ってみると、すぐに奥から男が出てきた。警察手帳を提示して来意を告げると、男は「ああ、はいはい」と大仰にうなずいてみせ「そこじゃなんですから」と奥に誘った。中は事務机が四つ真ん中に固めておいてある小さな部屋だった。そこいら中に紙が貼ってあり、勢いよく通り過ぎたら、紙の二、三枚が舞いそうだ。奥の机に、小柄な女性が座っていた。私服姿だった。彼女が石居の相手をした従業員だという説明だった。電話で話を聞いて、石居が来た時間に担当していた者を休暇中のところを急遽呼び寄せたそうだ。協力的な対応に感謝して、早速話を聞いてみる。

「はい。たしかに石居様のチェックインを受付したのは私です。さっき確認しましたところ、チェックインの時間は四時二十八分でした。なぜ私が覚えているかといいますと、石居様は、チェックインをしたあとも、なかなかお部屋のほうに向かってくださらなかったのです。カウンターにもたれるようにして、ずっとお話をされていまして。ええ、酔っていらっしゃいました。こちらからは何も言っておりません。石居様のほうから一方的に話しかけてきたのです。だいたいはお仕事のお話でした。あの仕事は自分が提案したものだ、ですとか、自分がいなかったら利益は二〇%下回っていたとか、繰り返し何度も同じ話をされるので内容を覚えてしまいました。ミクトラルという棚卸の会社なんだそうですね。神奈川県に本社があるそうで。三〇分くらいお話をされていました。五時頃にお部屋に向かわれましたね」

石居の酔い方を聞いてみると、歩くときにときどきふらつく程度だと答えた。部屋に入ったあとの石居の出入りについて聞いてみると、男のほうが「夜中の一時くらいに降りてこられました」と答える。

「そのときは私が担当していたのですが、石居様はロビーに降りてこられて、何か食べさせろ、とこうおっしゃったわけです。レストランは閉まっている時間ですし、ルームサービスも時間外ですので、すみませんが外のコンビニでお求めください、と申しましたところ、なんでもいいから食わせろ、とこうおっしゃってロビーに居座ってしまいまして。なんだか酔っているようで、ろれつが怪しい感じでしたね。仕方がないものですからレストランの厨房に入りまして、パンとハム、チーズを取ってきてそれをお渡しいたしました。なんだ、こんなものしかないのか、と言われてしまいましたが、その場はそれで収めてくださいました。なぜその方が石居様だと分かったかといいますと、その日のほかのお客様のチェックインは、全員私が担当したのですよ。全員といっても五組だけなのですがね。で、チェックインを私が担当していない方が一時に降りてこられた。消去法で石居様だと知った訳です」

それ以外に石居を目撃したのはチェックアウトの九時半だった。カウンターは普段から空にしているのかと聞いたところ、客が少ないときは空にしていることが多く、石居が泊まった時も空にしていたという答えだった。

鍵をカウンターに預けず持ったままなら、従業員に見咎《みとが》められることなく外に出られる。

念のため、石居が泊まっていた部屋番号を聞いて、石居がチェックイン・チェックアウトのときに書いたもののコピーをもらった。

辞去しようとしたところ、朝食はとったか聞かれたのでまだだと答えると、ホテルの一階にあるレストランの朝食券を差し出してきた。金はいらないと言ったが、渡利たちはその申し出を断り、正規の料金を支払って、朝食券を買った。バイキング形式の朝食だった。

食事を終えて帰ろうと姫路駅まで戻ってきたとき、渡利は前を歩く緒川を呼び止めた。

「なんだ」

不機嫌を隠そうともせずに振り返る。

「ちょっと時刻表で確認したいんですよ」

「何を」

犯行時刻は二十二時から二十四時。チェックインをしたあと、ホテルを抜け出して木曽根邸に向かい、二十二時に犯行を行って深夜一時に姫路にたどり着くことはできないだろうか。できるとすれば石居のアリバイには穴があるといえる。チェックインで姿を見られた五時から、従業員に食べ物を要求した深夜一時の間のアリバイは今のところない。

「二十二時に厚木で犯行を行い、深夜の一時に姫路に着く方法を」

「あるわけないだろう。石居のアリバイは鉄壁だ」

「でも。一応確認したいので」

「勝手にやれ」

言い捨てると花壇の端に腰かける。渡利は通行人に本屋があるか聞いた。駅構内のピオレという建物に書店があると分かり、渡利は目当ての建物に入ってエスカレーターで二階へ上がった。エスカレーターの出口が本屋の中に直結していた。時刻表は、エスカレーターの出口に近いところにあった。一つ取ってめくってみる。まずは厚木行きの確認だ。石居は十七時までホテル従業員と話をしていた。その後すぐにホテルを出たとして姫路駅に着くのが十七時半。十七時半以降の新幹線を探すと、姫路駅を十七時三十八分発、のぞみ七二号があった。それが新横浜に着くのが二十時三十分。そこから横浜線に乗り、町田駅に着くのが二十時五十三分だった。町田駅から本厚木駅までは小田急線で十八分程度、本厚木駅から木曽根邸までは歩いていったとしても一時間。犯行時間の二十二時から二十四時の間には、充分に間に合う。

次に姫路への帰り。犯行を二十二時きっかりに行ったとして、姫路に帰る新幹線はあるかどうか探してみたが答えはＮＯ。二十時三十分東京発ののぞみが姫路に着く最終電車だった。大阪着でも探してみたが同じく答えはＮＯ。新幹線を使って帰ることはできない。旅客機のページもめくってみたが、間に合う便はなかった。深夜バスで行ったのでは、深夜一時に間に合わない。酔っていたのが演技だとして、車で移動したと考えてみる。二十二時から一時の三時間で姫路までたどり着けるだろうか。携帯電話で高速道路の最短コースを調べてみた。厚木インターから東名高速道路に入って、小牧で名神高速道路に入り、吹田ジャンクションで中国自動車道に、神戸ジャンクションで山陽自動車道へ、そして山陽姫路東で播但連絡道路に入って花田インターで降りるルートが最短だった。移動距離はしめて、五六二キロメートル。これを三で割ると約一八七。ノンストップで平均時速一八七キロなら姫路までたどり着けるが、あまり現実的とはいえない。一応この点を心に留め置いて渡利は本屋を出た。エスカレーターを降りて緒川の元へ戻ると、緒川は段に座って文庫本を読んでいた。

緒川に車での移動の話をすると、一笑に付された。

「石居はまっすぐ歩けないほど飲んでいたんだぞ。飲むところはたこ焼き屋の店長が見ている。午前一時にも酔っているのをホテルの従業員が見ている」

「行くときは新幹線に乗って酔いを醒まし、犯行後、車で帰る。帰った直後に酒を飲んで従業員に絡んだとか。運転は誰か協力者がいたとか」

「そんなの石居の容疑が濃くなったときに調べればいい。平均時速一八七キロは現実的じゃない」

たしかに言うとおりだ。平均時速一八七キロを実現するには、一般道や料金所等で速度が落ちることを考えて、高速道路ではもっとスピードを出さなければならない。警察に捕まらずに、そして事故も起こさずに姫路まで来られるだろうか。衝動的な犯行でそれ以外に手が思いつかなかったといえば理由がつくが、やはり現実味に欠けるという主張は覆せない。

渡利は意見を押し切れず、引き下がる形となった。

「帰るぞ」緒川が言う。

新幹線を駅のホームで待っているとき、安堂から「石居のアリバイはどうだ？」とメールが届いた。渡利は、「深夜一時に従業員と悶着を起こしている。鉄壁だ」と返しておいた。最近では、安堂は足で情報を稼ぐよりも指で稼いでいるほうが多い。署内にメール網と言いたくなるようなネットワークを築き、事件の情報だけでなく、異動から噂話まで署内で起こる話のだいたいは把握している。渡利と組む前までは、携帯電話に頼らず足で情報を稼ぐ刑事だったらしい。ずいぶんな変わりようだ。

本部への報告は、新幹線を待つ間に、緒川が携帯電話で行った。

本厚木駅に着くと、緒川は別行動を提案して答えを待たずにさっさと去った。渡利は安堂に電話を入れてみる。安堂も相方の刑事とは別行動をとっていたので、隣の厚木駅で待ち合わせをして、一緒に奏子捜索をやることにした。

＊

三日目。曇り。奏子は見つからない。奏子が普段行くようなところや、実家などは調べつくしたが、どこにもいなかった。合鍵を作った鍵屋はまだ見つかっていない。目撃者等の情報も全く出ていない。遺留品からも新たな情報は出てこない。指紋の照合結果が続々と出てくるが、いずれも被害者か阿部康高のものであった。だから容疑者として阿部を押す声も出た。昨晩の捜査会議では、木曽根銅慈の会社での人間関係の話が中心だった。会社内で彼の敵は割と多くいた。木曽根銅慈はワンマン経営で部下の話をほとんど聞いていない。彼の経営に不満を持っている社員は多かった。それは専務クラスの社員から棚卸作業員までいる。ほかの棚卸会社はアルバイトで棚卸作業員を雇っているが、ミクトラルは、最初から正社員として雇う。だからライバル会社よりいい人材が集まる。だがそのあとがよくない。多めに雇っておいて、能力が満たない作業員は教育するのではなく、何かと理由をつけて切り捨てるのだ。解雇された作業員から不満の声が上がり、労働裁判にまで持ち込みかかった例もある。おまけに下請け会社にもかなり強弁に接していたようで、下請け会社の中にも不満を鬱積《うっせき》している人間がいる。だが、殺人に至るには誰も動機が弱く、決め手に欠けた。会社関係の捜査については、今後、アリバイのない人間を中心に人間関係を掘り下げる方針となった。

木曽根銅慈の事件当日の足取りも調べられた。午後八時に会社から阿部にスケジュール確認の電話を入れて、八時半に一人で帰宅した。いつもは共にする人間がいる場合が多いが、その日、木曽根銅慈は一人で帰ったという。この日はまっすぐ家に帰ったようで、九時に自宅のダイニングで一人、遅めの夕食をとっている。給仕をした家政婦・朝霧芳江の話では、九時半には自室に向かったようだとのことである。それを最後に木曽根銅慈の行方は分からなくなっている。

昨晩の会議で、渡利は今日の十二時から二十四時まで、緒川とともに現場の見張りにつくことになった。今日の午前中は、奏子を捜すために本厚木駅前で聞き込みを行った。奏子の顔写真を見せて、主に通勤者相手に聞いて回ったが収穫はなかった。今日も寒い。半日聞き回って、手足がすっかり冷えてしまった。

現場には一一時半に着いた。

渡利が着いたとき現場を見張っていたのは橋爪と県警の刑事だった。橋爪が玄関側を見張り、県警の刑事が裏側を見張っている。

何か言おうとする橋爪を手で制し、現場の家に入った。血痕が残る居間を奥に進んで、手袋をはめ、鍵が入っていた引き出しを開ける。引き出しを抜いて、中をのぞいてみてもなんの仕掛けもない。引き出しそのものにも、なんらかの仕掛けがあった痕跡はない。引き出しを持ったまま周囲を見回してみて、ちょうど真上にロフトの縁があるのが分かったくらいだ。ロフトの縁には木製の柵がある。渡利は引き出しを戻して玄関に行き、ドアを開け閉めしてみたり、鍵をかけたり閉めたりしたり、ノブを回してみたり、いろいろとやってみた。合鍵がなくても玄関のカギをかけられないか考えてみたが、妙案は浮かばなかった。

橋爪と交代する。橋爪は「こんなの人件費のムダ使いだよなあ。制服にやらせろっての」と言い残して去っていった。緒川も到着して裏手の刑事と交代する。

門の向こうでは、マスコミ陣が狭い車道の脇を占めていた。殺人事件の割には、少ない。現在、東京でプロ野球選手が殺される事件が起きている。世間やマスコミの関心はそちらに集中しており、それでこちらへの人員が削減されているのだろう。現場の撮影は済んでいるようで、現場に向けているカメラは一つもなかった。みな話し込んでいたり後片付けをしていたりなので、渡利は、時間を持て余すことは分かっていたから持ってきた文庫本の小説を読む。裏でも、きっと緒川は文庫本を読んでいることだろう。

しばらく経って緒川の携帯電話にかけてみた。番号は昨日の姫路帰りに聞いている。

「お疲れさまです」

「なんだ」不機嫌な声だった。

「現場の見張りって、いつも刑事がやるんですか？」

「現場に不定要素がある時は刑事が見張る。それが課長のやり方だ」

「不定要素って……」

「鍵と凶器の問題があるだろう」

「なるほど」

渡利は阿部犯人説を相談したかったが、話す気がそがれて電話を切った。

夕方、読んでいる本が後半に差しかかった。小説の中では密室殺人事件が起きている。本の中では私立探偵が颯爽《さっそう》と現れて、たちどころに密室の謎を解いた。物語が第二ステージに差しかかったところで、人が近づいてくる気配を感じた。

本から目を上げる。来たのは阿部だった。阿部はにこやかに「お疲れさまです」と言う。今日の阿部は白のスラックスに濃紺のジャンパーを着込んでいる。

「何か？」

「この家なんですが、入ってもよろしいでしょうか？」

渡利たちが見張っている離れの家を指差す。

「何か用事ですか？」

「ええ、ちょっとCDを取りたいと思っていまして。私の連れがどうしても聴きたいって言うので。ここの寝室にあるんですよ」

「私が一緒でもかまいませんか？」

阿部は当然だと言いたげに、にこやかにうなずく。

「ええ、もちろんですよ」

阿部と一緒に離れの家に入り、寝室にゆく。渡利は廊下に立って見守った。寝室の左手側には、CDが多量においてあり、棚に入りきれないCDがワゴンの上に山積みになっている。阿部はCDの山をしばらく眺め回して、やがて二枚のCDを取り出す。一つはニルヴァーナ、もう一つはフランク・ザッパだった。ニルヴァーナのCDは赤ちゃんが水の中を泳いでいる写真で、赤ちゃんの目の前にはお金がぶら下がっている。フランク・ザッパのほうは、石の穴から男が顔を出している写真で、全体的に赤紫色に染まっている。

「洋楽を聴くんですか?」

「ええ、私の連れですが」

「連れというのは、付き合っている女性という意味ですか?」

「ええ、そうですよ。これ持っていってもかまいませんよね?」

阿部が二枚のCDを持ち上げて見せる。寝室は現場ではないし、犯罪に関係あるようなものではないだろう。渡利はOKした。

外に出ると阿部は妙に上機嫌に見えた。今にも踊りだしそうな。阿部は、半笑いの表情で「ああそうだ」。

「なんでしょう」

「近々、私の連れが、アメリカにホームステイに行くのですよ」

「そうですか。ちなみに、お連れさんは木曽根家と関わりがありますか？」

「私の知る限りではありませんね」

「お連れさんの名前は？」

「宮弧さと美といいます」

漢字でどう書くのか聞いて、メモ帳に「宮弧さと美」と書き記した。

阿部は足取り軽く立ち去る。歩いて来たようだ。阿部の背中を見ながら、やはり阿部をどこかで見たことがある、とそんな既視感のようなものが湧き起こってきた。渡利は再び文庫本に取りかかる。今回の事件も小説のように見事に解き明かせればいいのだが。

それにしても奏子はどこに行ったのだろう。あのエース・北島は、今頃、奏子に肉薄しているのだろうか。渡利は雲を見上げる。何かを必死に隠すように灰色の雲が幾重にも折り重なっていた。

過去 一――埋伏の策

そのふざけた電話がかかってきやがったのは、午後六時になろうという時間だった。

「阿部さんですか。今日なんですけど、現場に出てくれませんか？」

「欠員が出たのですか？」

「いや、そうじゃなくて、人が足りないんですよ」

当日に体調不良等の理由で欠員が出て、急遽《きゅうきょ》出勤が決まるのはよくあることだが、単に人が足りないのは何日も前から分かっていることではないか。おそらく求人広告を見て入る短期のアルバイトをあてにしていたのだろう。ミクトラルは基本、正社員が棚卸を行うが、二月、八月の忙しい時期には、人手が足りなくなって短期のアルバイトを加えて棚卸を行う。

八月は忙しい時期だというのは分かるが、それにしてはずさんなスケジュール管理だ。

「明日は、社長のところに行く日なのですがね」

明日の火曜日は社長宅に行って秘書業務をする。だから、月曜日を休日にしている。仕事は土曜、日曜にもあるから、ミクトラルでは、休日は人それぞれの設定で、俺は月曜日が休日だ。その代わり、土曜と日曜は出勤だ。

先週、俺は火曜日から日曜日まで働き通しだ。今週も仕事は一杯詰まっているから、これで今日にも仕事をしたら、二週間休みなしで働くことになってしまう。

「そこをなんとかお願いします。もう阿部さんしかいないんですよ。今日働いてもらったら連続出勤なのは充分分かっているんですが、来てもらわないと終わらないいんですよ。その代わりに今週、ほかの日になんとか休みをとれるようにしますから」

俺は考えた。ここで相手の無能さを罵《ののし》るのもいいが、それでは今まで作り上げてきたキャラが崩壊する。最近やっともうひとつの仕事のとっかかりが見つかったところだ。ここでキャラを崩すと後々面倒だし、ここで恩を売っておくのもいいかもしれない。もうひとつの仕事を進めるために、今後は月曜以外も休みを取らないといけないだろうから。

「分かりました。出ることにします」

「ありがとうございます。では二十二時三十分集合でお願いします。店はＧＰマーケットなんで」

電話を切ったあと、俺は二十一時まで仮眠を取った。クーラーの効きが悪いため蒸し暑く、あまりぐっすり眠れなかった。

身支度を整えて二十一時十五分に出る。八月の暑さ真っ盛りの時期なので、アスファルトからの放射熱がまだ残っていて、この時間でもまだ暑い。途中でＧＰマーケットに寄り夜食を買う。会社に着いたのは二十一時三十分。会社から歩いて十五分程度のところに俺は住んでいる。

外からミクトラルが入っている雑居ビルの五階を見上げる。電気は消えている。案の定、現場班の事務員たちは帰宅していて誰もいない。今日も一番乗りだ。本社である本厚木事務所は、雑居ビルの六階に本社機能を集約して営業本部からシステム部、支社運営本部などがあり、そっちは遅くまで残業している者が多いので明かりはついているが、現場に出る作業員や、顧客への納品処理をする事務員が集まる五階のほうは、事務員や昼にコンビニで棚卸をしている作業員はだいたい十八時に帰り、夜間の作業員は集合時間ぎりぎりにならないと出社しないので、十八時から集合時間の間が、誰もいない空白の時間になる。

俺は鍵管理場所に入り、暗証番号を入力して鍵を取り出し、エレベーターで五階に上がり、ミクトラルの事務所のドアを開ける。現場班の事務所は三〇畳くらいのところだ。

俺は作業着に着替える前に、事務所の清掃をする。事務用の机と椅子が八つずつあるが、椅子は机から離れているし、パソコンは電気節約のため退社時に消すことに決まっているのに、点けっぱなし。机の上にも床にもゴミが落ちているし、パソコン机の足元のゴミ箱はゴミでいっぱい。ペンはペン立てに収まっておらず、いたるところに散乱している。机の上に積んである書類は、角が揃っておらず、あらゆる方向に書類がはみ出している。

　俺はパソコンの電源を切り、椅子を机の中にきちんと収める。書類の角をきちんと揃えて、ペン先を下にしてペンをペン立てに収める。ゴミを集め、パソコン机の足元にあるゴミ箱のゴミを部屋の隅にある大きなゴミ箱に移す。床の掃除機がけをして、机の上を軽く雑巾がけする。

　どうして、たったこれくらいのことができないのか。わずかな時間でできることだ。こんな小さなことができないのは、人間としての底の浅さを露呈している証《あかし》だ。こんな小さなことすらできない人間に、人を動かしたり、金を動かしたり、そういう大きなことができるはずがない。こういう人間こそ、さっさと解雇すべきなのだ。こういう人間は社員として無用なだけでなく、人間としても無用だと言える。大きなことができない人間に遺伝子を残す資格はない。環境負荷軽減のために、こういう人間は抹殺すべきなのだ。俺に殺人許可証がないのが悔やまれる。さっさと誰かに殺されやがれ。そうすれば俺が目一杯利用してやる。「殺させるぞ」俺はそうつぶやいて机の上の雑巾がけを終える。

俺はパーテーションで区切られた更衣室に入り、上着だけをオレンジ色の作業着に着替える。更衣室を出ると、機材担当者が用意した機材を取る。このころになると作業員がちらほらと出社してくる。

棚卸のデータ取得（カウント）に使う機械は縦三〇センチ、横一五センチ、高さ五センチくらいの箱で、箱の一面に電卓のようなキーが並び、キーの上端に液晶画面がついている。これにカウントした数量を入力してデータをメモリにためる。ある程度たまったら、データを集計するパソコンにデータを送信する。

壁に貼り出してある誰がどこの店に行くかを示した一覧表を見て、今日行く店を確認する。GPマーケットの欄に社員の名前が六人ぶん、パソコンで出力した字で書いてあり、最後の欄に「阿部康高」と俺の名前が手書きで書き込まれている。

今日棚卸をする店は全部で五つだった。ほかは近場なので集合時間までまだ時間がある。

GPマーケットは食品や雑貨を扱うスーパーマーケット。GPマーケットの棚卸は閉店時間後の夜間に、金額棚卸という方法で行う。金額棚卸とは金額と数量のデータを納品する棚卸方法。もうひとつの方法を単品棚卸と呼ぶ。こちらはスキャナーを使って商品のバーコードを読み取り、バーコードデータと数量のデータを納品する。

ＧＰマーケットの棚卸は金額棚卸だからスキャナーは使わない。金額も数量も機械に打ち込んで作業をする。

カウント機材のほかに什器《じゅうき》に貼る付箋も使う。縦五センチ、横八ミリくらいの付箋でそれが台紙に十枚並んでいる。それがいくつも束になっている。色はブルー。カウントした場所にはカウントした証として付箋を什器に貼る。必要なぶんの付箋をポケットに入れる。

集合時間の二十二時三十分になり、全員が揃ったので、それぞれが二段の脚立《きゃたつ》を一台ずつ持って出かける。今日の現場は七人だ。

ビルを降り、社用車に乗り込む。俺は早めに乗り三列シートの一番後ろの端に納まる。車内で始まる雑談に加わりたくないためだ。今日の作業員はほとんどが二十代前半である。話が合わないというのもあるが、二十代の人間など大抵は底の知れた奴だ。車内で話される話題は必然的につまらないものになる。とても付き合ってなどいられない。カレーは混ぜて食べるかどうかや、ラーメンは何味がいいかなど、どうでもいいではないか。

俺は目をつぶり、もうひとつの仕事の作業計画を考える。

ＧＰマーケットには二十三時三十分に着く。まずチーフと補佐役が打ち合わせのために先に入店する。補佐役は棚番号を示す付箋を店の什器に貼る役目だ。

三十分経ち、閉店の二十四時になると作業員がカウントの機械と脚立を持って入店。店に入って店内を見回すと、たしかに六人では時間内に終わりそうにない。今回の現場に上級者は俺しかいない。俺以外のメンバーは、中級クラスが三人に新人が三人。この六人だったら、明日の朝七時までに退店はできないだろう。このGPマーケットは、翌朝七時までに棚卸を終了させる取り決めになっている。だからどうしても俺が欲しかったのだろう。

カウントの機械を専用のベルトで腰に固定する。ベルトには付箋用のホルダーがついているのでそこに付箋をセット。準備が終わるとチーフが店舗内朝礼を始める。注意点などをチーフが述べたあと、カウントが始まる。

商品を載せた各什器に振られた棚番号をまず棚番号入力画面で入力してからデータを取る。データを取り終わったら、次の什器に移動して棚番号を変え、データを取る。その繰り返しだ。最後にチーフはすべての棚番号をリストアップして、データが揃っていることを確認したらデータを店舗に納品する。

俺の担当は壁回りに並ぶ什器だった。カウントの機械に棚番号を入力して早速データを取り始める。俺のような上級者になると、キーを打つ音は止まらない。

什器に貼ってあるプライスカードを見て、カウントの機械に金額を入力し、次に「数」キーを押し、その商品の数量を入力し、最後に決定のエンターキーを押す。そして隣の商品の金額を入力するという流れだ。慣れていない者は、金額と「数」キーを入力したあとに、両手でその商品の数を数える。数え終わったあとに数量を入力するから間が開く。俺は、左手を商品に添えて、右手を入力キーに添え、金額を入力している間に、左手で商品をより分け、数を見る。金額と「数」キーを押している間に数量を数え終わっているので、「数」キーを押した直後に数量を入力するから、キーの音は止まらない。新人は数量を数えるのに時間がかかるから、キーの音は連続的ではない。だが俺のように、ほぼ毎日商品の数を数え、入力をし続けている上級者は、金額と「数」キーを押している間に数を数え終わっているので、間断なくキーを叩き続けることになる。

一度もキーを止めることなく店内の壁回りのデータを、壁回りに島状に点在する什器を含め、二時間以内にすべて取り終わった。ひとつ伸びをして体をほぐす。閉店後の店内は放送を止めているので静かだ。冷凍食品を入れてある什器から聞こえてくるコンプレッサーの音が妙に大きく響く。店内のところどころから、キーを打つカタカタという音が聞こえる。

俺が壁回りのデータをすべて取り終えても、俺のほか全員で取りかかっている店の中央に配列してある什器が終わっていないので、俺は中央のカウントに補助役として入る。

今日は、二時間ごとに十五分の休憩を取って、全体のカウント終了が六時十分だった。納品作業は五十分もあればできるから、七時退店は実現できそうだ。

端末機械に入力したデータをデータ集約のパソコンに送信するとき、社員番号を入力する。すると、パソコン画面にカウント数のランキングが表示され、各社員の社員番号、総カウント個数が一覧表となって表示される。

今日の俺は、総カウント個数が三四七七一個であった。もちろんランキングは一位だ。今日は新人の四人ぶんくらいカウントした。だからといって、給与が新人の四倍にならないところがこの会社というものだ。

カウントが終了すると、チーフを店内に残して、ほかは車で待機する。俺は再び最後列の端に納まり、腕を組んで目を閉じる。チーフが納品を終えて帰ってきたのが、六時五十分だった。チーフが車の助手席に乗り込むやいなや、俺に「阿部さんのおかげで助かりましたよ」と破顔して言う。俺は適当に返答をする。

会社に戻ってきたのが八時。俺は機械を所定の場所に置き、さっさと着替えて退社した。犯罪の芽を持たないこいつらと話すことなど何もない。

まだ朝の八時だというのに、外は真昼のような暑さだった。日差しが強い。セミの鳴き声がやかましい。セミの声がいくつも折り重なり、絶え間なく聞こえている。俺は足早に帰路につく。暑さを忘れようと、今後の計画について考えながら歩く。百メートルと歩かないうちに、額に汗がにじみ出る。それでも俺は休むことなく足を繰り出す。暑ければ暑いほど、俺は足早になる。早足になると体が熱を持って余計に汗が出るのは分かっているが、早くこの灼熱地獄を抜け出したくて、足は速くなってしまう。

自宅のアパートに戻る前に、近所のＧＰマーケットに寄る。中は涼しい。この店は先月、棚卸をしたばかりだ。朝食のおかずを買う。レジで会計を済ませ、サッカー台に向かう。店の赤いかごがサッカー台に置きっぱなしになっていた。ここにもくだらない人間の痕跡がある。かごを入れる場所はサッカー台のすぐ脇にある。ちょっと手を伸ばせば届く。それにかごは決して重いものではない。こんな軽いものを置き場所に置けないとは、なんという愚かな人間だ。人間としての行動が劣化しているとしか言いようがない。猿でも教え込めばかごを所定の場所に置くだろう。猿以下にまで行動が劣化していると言うべきだ。猿以下の人間など生きている資格はない。日本の未来に猿人間は要らない。早々に抹殺すべきだ。日本は人口密度が高すぎる。こういう猿以下の奴をまびいて住むのに心地よい国にしなくてはならない。

「殺させるぞ」俺はそうつぶやいて放置されているかごを所定の場所に入れ、自分が買ったものをビニール袋に詰めようとする。が、ビニール袋がぴったりと閉じていて開けられない。そこで俺は、指先をサッカー台に置いてあるスポンジにつける。スポンジは乾いていて、指先は濡れなかった。これは仕方がない。このＧＰマーケットは、商品の安さを実現するために、人件費を削減している。レジは六台あるのに、レジ係が一人しかいないのがその証拠だ。ほかの店員は品出しで忙しそうである。安いものを提供している店に、高いサービスを求めてはならない。売買は等価交換が原則だ。少ない金しか払っていないのに、高レベルの接客を求めるのは、買う側の傲慢《ごうまん》である。

少ない金を払っているときには、安いサービスで納得すべきだ。

俺は、買ったアイスクリームの側面についている露で指先を濡らし、袋を開ける。買ったものを袋に詰め終わると、空いたかごを当然のように所定の場所に置く。

店を出ると、セミの鳴き声が塊となってぶつかってきた。俺は足早にアパートに向かう。汗がこめかみを伝う。俺はぬぐいもせず、歩くことだけに集中する。途中、製紙工場の脇を通るとき、工場の中からラジオ体操の音楽が聞こえてきた。

歩道の向こうから老境にさしかかった男が歩いてくる。男はポケットから飴《あめ》を取り出し、口に入れる。もしやと思って見ていたら、案の定、男は飴の包み紙を路上に捨てた。ここにも抹殺すべきくだらない人間がいる。ゴミをゴミ箱に捨てることすらできない人間など、存在させておく意味はあるだろうか。いや、絶対にない。生かすだけ資源の無駄だ。それでなくとも資源は枯渇の危機に晒されている現状。こういう奴を抹殺して、こいつがこの先に使うだろう資源をほかの用途のために確保するべきなのだ。「殺させるぞ」俺はつぶやいて男の捨てたゴミを拾い、ポケットにしまう。

歩道の向こうに見える幹線道路を小学生くらいの子供たちがはしゃぎながら駆け抜けてゆく。子供たちはプールの用具と思われるビニールの袋を持っていた。そういえば、今は夏休みの時期だった。あんなにはしゃいで車にはねられなければいいが。子供は未来の世界を創る重要な存在だ。若いうちに事故などという現象で命が断たれるのは、たとえ血縁関係になくとも悔やまれてならない。そう考えながら、俺はアパートへ向かう道に入る。

アパートに着くと、靴ぬぎの小さなスペースに、水色のサンダルが置いてある。女物だ。さと美が来ているのか。キッチンを横切って部屋のドアを開けると、宮弧さと美がだらしない格好で、テレビを見ながらアイスクリームを食べていた。さと美は、上がTシャツに下が下着という格好で、テーブルにもたれるようにしてアイスを舐めている。俺を見上げて、アイスのついた木のスプーンを持ち上げながら「うにゃんっ」と訳の分からない挨拶をする。俺は半端な笑顔で答える。

「暑い」

俺はそう言うと、買ってきたものと腕時計、財布をテーブルの上に置き、ゴミをゴミ箱に捨てる。アイスクリームを冷凍庫に入れていると、背後からさと美が「今日は、何番だった?」。

「もちろん、俺が一番だ」

「すごぉい」

最近は、現場に出るたびに俺が一番を取るから、さと美の「すごぉい」はあまり気持ちが入らなくなってきた。

俺はやかんに水を入れ、電気コンロにかける。脱衣所に入り、シャツを脱ぐ。タオルでざっと汗を拭く。ズボンと下着を脱ぎ、シャワーを浴びた。シャワーを浴びたついでにひげを剃《そ》る。たまに、忙しさを誇示したいのか無精ひげを晒《さら》している奴がいるが、あれはどう見ても下等動物にしか見えない。どんなに忙しくてもひげを剃る時間くらいは取れるものだ。ひげを剃る時間などほんの数分。そんな数分の時間が取れない生活とは、寝る時間がない生活のことである。寝る暇があるなら寝る時間を数分削ってひげを剃る時間に充てればよい。睡眠時間を数分削ったところで死にはしない。

無精ひげを生やしている男は、寝る時間がないのだろうか。いやそうではない。人間、眠らなければ死ぬ。ひげを生やしている男が生存しているのは、寝ている証拠だ。つまり、無精ひげを生やしている男は、忙しくて時間が取れないのではない。行動パターンが下等動物並みに退化しているのだ。下等動物は自分の毛を自ら切ったりしない。無精ひげは自分が下等動物に成り下がったことを世に喧伝《けんでん》する象徴なのだ。もちろん下等動物に成り下がった男は抹殺対象である。せっかく進化した人間を退化させせるのは、愚の骨頂。下等動物同然の男に遺伝子を遺す資格はない。即刻、人類の歴史から消え去ってもらわねばならない。

ひげを剃り終わり、体と髪を洗い終わると、風呂場を出る。ちょうど湯が沸き始めた。体を拭いてゆったりとした室内着を着ると、カップ麺《めん》を貯め置いてある棚を開ける。中からカレー味のカップ麺を取り出す。テーブルの上で蓋を開け、中に湯をそそぐ。

ミネラルウォーターを飲みながら、カップ麺ができるのを待つ。さと美はアイスを食べ終わった。テレビは朝のワイドショーを映している。都内で起きた、ショッピングモールのベンチに座っていた人を殴った傷害事件を報じている。犯人の男は「俺の娘に背中を向けて座るのが失礼だと思った」と供述しているらしい。この事件に関してコメンテーターが感想を述べたのち、スポーツニュースに切り替わった。昨日のプロ野球の試合をダイジェストで報じているが、俺は興味がないので、次々と映るさまざまなユニフォームをただぼんやりと見ていた。

カップ麺を食べようとしたとき、さと美が言う。

「カップ麺ばっか食べてると、体壊すよ～」

「お前だって食ってるじゃねえか」

カップ麺を貯め置いてある棚の中は、数がひとつ少なかった。

「バレたか」

さと美は舌をぺろりと出す。テレビは、軽快な音楽が流れ、エンターテインメント関連の情報を伝えるコーナーに切り替わる。テレビ画面の中で、ハリウッドの映画監督が、日米同時公開の「ダブルサイド」という映画を宣伝していた。アニメのキャラクターがテレビ画面や映画スクリーンから湧き出して、現実世界を支配しようと人間に襲いかかるという内容だった。監督が英語で話しているとき、俺は画面下の字幕スーパーを見ていたのだが、英語ができるさと美は、監督の英語を直接聞いていたらしく、話の途中で「この監督、南部なまりがあるよ」と言ってきた。

「ふうん」

興味がない俺は軽く聞き流す。知ったところでなんの役にも立たない。外国に出たことはないし、出るつもりもない。外国人犯罪者で例の仕事をするときがあったら、さと美を通訳に立てればいい。

「南部なまりってね、drawl って言ってね、母音を伸ばしてゆっくり発音するって感じなんだよね」

たとえばと言って、得意げになって five をファーヴのように母音を伸ばして発音する。興味なさげに聞いていたのだが、さと美は言えただけでも満足だったようで、気分よさげにテレビ画面に見入る。

社長の家に出勤する前に仮眠を取り、十時三十分に起きる。やけに寝苦しいと思ったら、さと美が俺にくっついて寝ていた。さと美をどけて体をほぐす。汗で濡れたTシャツを脱ぎ、新しいシャツを着る。ネクタイを締めて、ズボンをスラックスに履きかえる。

テレビの脇に置いてあるボイスレコーダーをシャツのポケットに入れたとき、CDを入れてある棚に目が留まる。そこにはさと美が持ってきたCDが、ぎっしりと積んである。

――そうだ、これを使おう。

俺は、適当に物色して二枚に絞り込む。ひとつは水の中を赤ちゃんが泳いでいるニルヴァーナのアルバム。もうひとつは、赤紫のトーンがかかったフランク・ザッパ。

この二枚を手に持って計画を反芻していると、さと美が起きだした。

「何見てんの？」

首だけを起こして言う。俺は持っているCDをさと美に見せる。

「ザッパにニルヴァーナかぁ、なんか共通点あったっけ」

「音楽は関係ねぇよ」

「ん？」

俺はさと美を見る。自然とにやついた顔になる。

「例の仕事に使うのさ」

さと美は勢いよく上体を起こす。顔がパッと明るくなる。

「えっ？　今度はどういう事件？」

「殺人事件だ」

「すごぉい」

目一杯気持ちの入った「すごぉい」だった。

「おいおい殺人事件だぞ。怖がれよ」

そういう俺の口も笑っている。

「いいじゃん殺人事件。あたし好きだよ」

いいぞ、こいつは俺と同類だ。

さと美と出会ったのは、今よりひとつ前の職場だった。さと美は協調性のない、職場では浮いた女だった。会社の忘年会に参加していたとき、獲物を探して観察していたが、さと美は、獲物としてなかなかいい素材だと感じた。嫌いな人間に対して敵意を隠そうとしない正直な女で、こいつなら犯罪の芽をいくつも持っていそうだと思わせる性格をしていた。忘年会の席で、「そんなくだらない奴、死ねばいいんだよ」というう空気を読まない発言をさと美がしたとき、こいつを獲物にして仕事を成立させようと決心し、近づくことにした。さと美は上司の男からパワハラ・セクハラを受け、上司に対して相当な不満を持っていることが、それまでの経緯から分かっていた。さと美に上司を殺させ、殺人事件の捜査が俺に向くような計画を考えていた。

さと美に近づいて、殺意の確認をするような会話を仕向けたときだった。さと美は「誰か別の人に殺させて、殺した人を上手くかくまう方法はないかな？　上手くいけば捜査は迷宮入り。失敗しても捕まるのは私じゃない。最高の方法じゃない？」と俺に相談を持ちかけてきたとき、こいつはこちら側の人間だと悟った。直情的に、衝動的に殺人を行うのではなく、冷静に緻密に計画を立てて理性をもって殺人を行う。まさにこちら側に立つ資質を備えていた。

その日から、さと美に対する考えが変わった。それまで俺の仕事は、俺とサポート役の弁護士の二人三脚で行ってきた。さと美を仲間に入れて三人で仕事をすれば、仕事の幅が広がるのではないかと思った。さと美は俺が話せない英語が話せる。それだけでなく、犯罪の網を仕掛けるのに俺一人では手が足りないと思った場面が、それまでに何回かあった。サポート役の弁護士と相談して、さと美を仲間に入れる決心をして、さと美にこちらの仕事を洗いざらい話すことにした。さと美がその話を警察に持っていく可能性はゼロだと確信していた。さと美は完全にこちら側の人間だという確信があった。

俺の仕事の内容を他人に話したのは、さと美が最初で最後である。さと美は最大の関心を持って俺の話を聞いていた。話が終わったあと、さと美は即答で「すごいじゃん。面白い。私もやりたい」と笑顔で言い、その日から、さと美はこちら側の人間になった。

その日以降、さと美は性格が明るく、社交的になり、周りとの協調性も出てきた。楽しみを見つけたことで、心の平安が保てるようになったのだと思う。

結局、その職場では獲物は見つからず、俺は退職して別の職場を探すことにした。俺が辞めるとき、一緒にさと美も辞め、今に至る。

「お前に頼みがある」

「なになに、なんでも言って」さと美は楽しそうに言う。

「そのうち、これをお前に渡すときがくる。お前はこれを持って高飛びしてくれ」

「ふ〜ん。じゃあアメリカにするぅ！　高校のときホームステイして仲良くなった人たちがいるんだ。前にも言ったことあるよね。カリフォルニアの人。帰ったあともずっと連絡とりあってて、またいつでも来なさいって言われてるんだよね」

そういえばさと美は、二年前にも一週間行っていた。

「金はあるのかよ」

「それくらいは大丈夫」

得意げに胸を反らせる。

「そうか、時が来たら俺から連絡を入れる。そしたらお前はこれを持って帰ってこい」

「分かったっ！　ここぞってときに帰ってくるのね」

「ああそうだ。これが裁判の切り札になる」

「やったぁ。そういうの好き。慌てふためいて帰ってきちゃうから」

　さと美は顔いっぱいで笑う。

「何ヶ月か、かかるかもしれないぞ」

「そしたら、向こうでなんか仕事さがす。そうだなあ。たとえばメイクの仕事とか」

　そういえば、さと美は高校を卒業したあとメイクの勉強をしていた。だが、嫌いになってやめたと言っていなかったか。

「お前メイク好きだったか？」

「逆。嫌いだからやるの。そうすれば、踏ん切りよく帰ってこられるし、嫌いだとイヤなところいっぱい見つかるでしょ。そしたらあとになって悪口いっぱい言えるし」

　いい根性している。気に入った。

「へっ、そうかよ。こっちの仕事は大丈夫か？」

　さと美は駅前のキャバクラ「ビハインドキャッツ」で働いている。

「大丈夫、大丈夫。あんま行ってないから大事にされてないしー」

さと美は、楽しくてしょうがないと言いたげに笑う。さと美が俺から離れないのは、この仕事があるからだ。さと美の笑顔を見てそう思った。

これで切り札の準備は万端だ。あとは中身を整えるだけだ。

俺の部屋にあるCDをいずれ社長の離れの家に持っていくと伝え、部屋を出た。

日差しは強さを増す一方だ。空を見上げてみる。太陽が隠れそうな雲はどこにもない。俺は早足で日向《ひなた》を突っ切る。途中でGPマーケットに寄り、昼ごはんを買って社長宅に向かう。秘書は会社ではなく、社長宅で仕事をする。秘書は社長のプライベートのスケジュール管理までまかされているため、社長宅にある電話で応対をする。社長と取引している相手は、そのあたりの事情を分かっているので、社長に用事があるときは、会社にはかけず、社長宅にかけてくる。電話の応対が、十二時から十八時までというのも皆分かっていて、十二時になった途端、電話がうるさくがなりたてるように鳴る。

ミクトラルに勤めて二年になる。あと一年、犯罪の兆《きざ》しが見えなければ転職しようと考えていた。八ヶ月前、秘書へ抜擢《ばってき》されなければきっと転職していただろう。ミクトラルの作業員たちは、あまりに平和に生きていた。いくらか探りを入れてみたが全部空振りだった。それまでの第二秘書が転職したのは、俺にとっては好都合だった。

社長秘書の話を人事総務部の人間から聞いて承諾したのは、秘書業そのものに魅力を感じたのではない。社長という金を持った人間に近づけるいい機会だったからだ。金と女のいるところに犯罪の芽は多い。社長が金をため込んでいるという噂は、下の連中にも届いている。もうひとつの仕事ができそうな予感がしたのだ。その予感は的中しそうだ。やはり大金を前にすると人間の心は歪《ゆが》む。俺に都合がいいように。

　あの奏子の目は執着だと言える。上手く誘導してゆけば仕事ができるはずだ。

したたる汗をぬぐいもせずに足早に坂道を登る。アスファルトが発する熱が厳しい。先日の天気予報では、観測史上、最も気温の高い彼岸の入りだと言っていた。当分、暑さは続くらしい。社長宅が見えてくるころには、シャツの胸のところとベルトのあたりには汗のしみが大きく広がっていた。

　十一時三十分に社長宅に着いた。学校の門にあるようなレール付きの黒い門をずらして入る。広い庭をつっきると玄関から入ってロビー奥の螺旋階段を上がる。二階の赤い絨毯が敷き詰められた廊下を渡り、一番奥の社長の書斎に入る。冷房が効きすぎている。エアコンの設定温度を三度上げた。勢いよく風を出していたエアコンがおとなしくなる。

　俺はＧＰマーケットの袋を秘書席に置く。部屋は一六畳あって、書類や書籍に囲まれた質素な部屋だ。とはいえ、本棚や絨毯といった各所に使われているものはどれも高そうで、そのぶん厳かな雰囲気も出ている。

俺は南側のカーテンを開ける。ワインレッド色の分厚いカーテンで、触り心地のいい素材でできている。窓の向こうは前庭が広がり、その向こうに厚木の町が一望できる。駅前に建ち並ぶビルたちが太陽に向かって屹立している。会社の入っているビルもこの視界の中にある。

西側の壁に置いてあるホワイトボードの伝言欄を見る。今日は、第一秘書の石居からの伝言はない。秘書用の電話を操作して、留守電のメッセージを再生する。

――お世話になっております。愛甲電機システムズの上岡でございます。先日ご指摘いただいたマシンの不具合の改善計画と、消費電力を抑える件につきましての改良計画を立てましたので、お電話を入れさせていただきました。計画の説明をさせていただきたく思いますので、お時間をいただけないでしょうか。ほんの三十分ほどで終わりますので、よろしくお願いいたします。それでは、またお電話させていただきます。

メッセージをいったん止める。社長のスケジュールが書いてあるホワイトボードを見る。社長の空き時間で、三十分の時間がとれる一番早いときは明日の十六時からだ。早速、十六時から十六時半の予定を「愛甲電機、上岡氏、不具合改善計画・消費電力改良計画説明」と書き込む。棚卸に使うカウントの機械を製作している愛甲電機システムズの上岡聡介氏は、こちらまで出向いてくれるので、移動時間を書き込む必要はない。前の予定は県議会議員との懇親会で移動時間を入れて十六時までだから、問題ないだろう。上岡氏には、のちほどこちらから電話を入れる。

十二時から十八時までの間は、社長の了承なしに秘書が勝手に予定を入れていいことになっている。社長の指示は「とにかく予定を埋めること」である。予定が埋まっていないと落ち着かない体質らしい。だから、なんでもいいから早いもの順に予定を埋めろとの指示だ。だから、俺はかかってきた順に機械的に予定を入れる。取引先のパーティーでも、保険の勧誘でも、寄付の依頼でも、なんでも予定を入れることにしている。それで文句は言われない。社長は、家具の営業訪問だろうと、浄水器の訪問販売だろうと予定を組めば相手にする。相手にするが、誰でも愛想よく平等に接する訳ではない。自分より格下と認める相手には、高圧的に出て相手の反応を楽しんだり、話をわざとそらして相手の困った顔を楽しんだりして、相手はしばしの無聊《ぶりょう》を慰める余興として使われる。

留守電のメッセージを再生する。面会の依頼が二件、感謝の挨拶が一件。面会の予定をホワイトボードに組み、挨拶については社長に伝えて欲しいというメッセージなので、メモ帳に内容を記録しておく。

もちろん予定を組んだあとに、社長から予定を変えろという指示もある。そのとき、スケジュール調整をするのも秘書の仕事だ。

あいさつ文をメモし終わるころ、ドアがノックされる。少なくとも社長ではない。社長はノックをしない。ドアを開けると奏子がいた。金持ちの妻らしくない、痩せた貧相な女だ。

「あのー、阿部さん？」

「なんでしょう」

「もう一度、見せてもらえないかしら。あれ」

あれが何を指すのかすぐに分かった。先週見せたあれだ。

「いいですよ」

俺が先頭で歩きだす。後ろから奏子が静かについてくる。階段を降りる。あたりに家政婦の姿は見えない。だから奏子は俺に話しかけてきたのか。

玄関を出て、門のほうへ一直線に進む。ちらりと後ろを振り返ると、奏子が母屋のほうをしきりと気にしながらついてきている。離れの家に近づくと奏子は、いっそう落ち着かなくなる。俺はかまわず離れの家の玄関を開ける。

「どうぞ」

玄関を開けた状態で、奏子をいざなう。奏子はうつむいてすばやく滑り込んだ。

靴を脱いで居間にあがる。居間の中央に敷いてある緑色の絨毯を踏み越え、ロフトのある側の壁に近づく。このあたりはフローリングの床がむき出しになっている。

俺は、床の一角でしゃがむ。家の鍵などを入れてある棚と壁の間の二〇センチくらいの隙間だ。奏子を見る。期待と不安の入り混じった表情といった感じだった。

フローリングの床板は、細長い板が寄木細工のように折り重なっている。俺はその板の一枚に手を当て、体重を乗せる。押している板が二センチくらいへこむ。次に右にスライドさせる。板が床下に入り込んで、その下に収まっている赤いレバーが見えてくる。そのレバーを時計回りに九十度回す。カチリと音がして、俺のすぐ後ろの床が、縦二メートル横一メートルの幅で持ち上がる。持ち上がった部分の端を手で掴み、引き起こす。片側を軸にして床板が開き、八十度くらい角度がついたところでカチリと止まる。開いた床穴には階段がついている。中は暗い。手を穴に入れ、電気のスイッチを入れる。だいだい色の明かりが灯る。俺は先に中に入る。奏子があとからついてきた。

階段を下りたところは、居間の半分くらいの広さの部屋になっている。壁の北側と南側に棚があるだけのシンプルな内装で、壁はコンクリートがむき出しだ。南側の壁には社長が昔やっていたという釣りの道具が乱雑に積まれている。北側の棚の半分にはワインが並んでいて、もう半分には、黒いスーツケースが二つ置いてある。

奏子は俺を追い抜き、黒のスーツケースの元へ向かう。スーツケースには鍵がかかっていない。奏子は蓋を開け、中に並んでいる一万円の札束を眺める。

俺は話しかけずにじっと様子をうかがう。奏子はしばらく札束を眺めてため息をつき、もうひとつのスーツケースも開ける。そちらにもぎっしり札束が詰まっている。

俺が、この地下室を見つけたのは、二週間前。金が隠してあることに気づき、これを使って仕事ができないか思案した。そして白羽の矢を立てたのが奏子だ。奏子は金を欲しがっている。木曽根家の金はすべて社長が握っているという話は、聞いて知っていた。奏子には毎月決まった額を渡すようにしているとも聞いた。奏子の服装や、普段の様子を見て、渡している金は少ないのではないかと踏んだのだ。そして先週、何やら怪しいものを見つけたのですが、どうしたらよいでしょうかと相談する形で、奏子にこの金を見せた。総額でおおよそ二億円ある。奏子は金を見ると大きく目を見開き、はじめ唖然としていた。このような大金は今までに見たことがないのだろう。奏子は結論を出せなかった。俺は結論を出させるために見せたのではない。奏子を社長殺しの犯人に仕立て上げるために、金を見せたのだ。見せたときの奏子の反応からして脈はあると踏んだ。奏子の目は妄執にとらわれた人間のそれだった。金が欲しい。奏子の目はそう訴えていた。しかし、その場でけしかけはしなかった。こういうのは時間をかけて感情を育てていかねばならない。いきなり殺しの話を持ちかけても引いてしまうだけだ。

奏子が俺のほうに振り返る。「ねえ」

「なんでしょう」

「少しぐらい持っていっても分からないわよね」

　金は整然とは積まれていない。だいたいは百万円の束になっているが、一部、バラになっている。たしかに少しなら持っていっても分からないだろう。

「私には判断できかねます。ただ、おそらくこのお金は社長が管理されているものですから、私は秘書として、勝手に持っていくのを黙って見ている訳にはいかないのですが」

「そう。なら、阿部さん。後ろを向いていてくださる?」

　俺は言われたとおりにした。おそらく奏子は金を掠め取っている。

　今日がけしかけるいいチャンスかもしれない。俺は、シャツのポケットに手を入れボイスレコーダーのスイッチを入れる。あとで裁判になったとき、奏子が「阿部に殺人をするよう言われた」と証言する可能性がある。そのときのための対策だ。

　決して「殺せ」と言ってはならない。

　刑法、第六十一条、人を教唆して犯罪を実行させたものには、正犯の刑を科する。

　だから、決して「殺せ」と言ってはならない。

「もういいわ」奏子の声で俺は振り返る。「あなたは何も見ていない。そうでしょ」

「ええ、そうですね」

俺の視線を奏子は伏し目になって避ける。

「じゃあ、行きましょう」奏子はスーツケースを閉じて、階段に向かって歩きだす。

俺は行く手をさえぎった。

「何かしら」

「こんなことをしていては、いつか社長の目に留まりますよ」

「こんなことって何かしら」

奏子の声は動揺を抑えきれていない。

「いつか、あなたに社長が詰め寄ってくるでしょう。あの金をどうした、と」

「だ、大丈夫よ」

「大丈夫?」俺は間をおいて顔を近づけて言う。「まさか、社長を殺そうとしているんじゃないでしょうね」

奏子は目を大きく見開いて俺をまっすぐ見る。俺は続けた。

「たしかに、社長を殺せば、このお金は直ちにあなたのものになる。だが、いけませんよ。そんなことをしては」

奏子は俺を見たまま言葉が出せず、口をぱくぱく動かす。しばらくして搾り出したのが「そんなことする訳がないでしょう」だった。

今日はこのくらいでいい。これで社長を殺すという選択肢が奏子の中に加わった。

今日の成果はそれで充分だ。一気に核心に迫っても感情は育たない。奏子に殺す意思が少しでもあれば、あとは勝手に自分で感情を育ててくれるという目論見もある。

「そうですか」

俺は階段を上がる。後ろから奏子がついてくる。

「ねえ、阿部さん。私がこの部屋に入ったってことは黙っておいて」

いい発言だ。地下室に入ったのが周囲にばれれば、殺人感情が育っても仕事は失敗する。それにこの発言は、俺に対して共犯意識を持っている証ともとれる。俺を共犯者と思わなければ殺人を行わないだろう。俺はほくそえむ。もちろん共犯の線はボイスレコーダーを使って裁判の場で徹底的に否定する。

「はい。分かりました」感情を抑えて答える。

階段を上がりきると、電気を消して地下室の扉を閉めた。レバーの蓋も閉じる。

作業をしている俺に言い訳がましく奏子が言ってくる。

「あの人、お金くれないのよ。いくら言ってもだめ。着たい服も着られないし、『英語クラブ』の人たちとのランチだって、週に三回くらいしか行けないのよ」

週に三回、充分ではないか。俺の休みは週に一度だ。その一度の休みも仕事でつぶれることがある。だが、そうは言わない。ここは奏子の不満に同調し、煽るのが得策だ。

「そうですか。社長のところにはお金がたくさんあるのに、それはつらいでしょうね」

「そうなのよ」

「ほかの社長夫人は、さまざまな服を着こなし、高い宝石類を身につけ、海外旅行に出かけているというのに」

「そうなのよ。佐田さんなんてね……」

このあと仕事開始の十二時まで延々と他人の豪遊ぶりを聞かされた。いいぞ、欲求不満はかなり溜まっている。出だしは順調だ。

俺は教唆を逃れるための対策で、日記をつけようと決めた。日記は裁判で証拠となりうる。日記で教唆の可能性をつぶすのだ。

＊

あれから奏子は何度か俺を連れ出し、地下室へ連れて行けと言ってくる。決して自分ひとりでは行こうとしない。「ひとりでは行かれないのですか?」と聞いたら、「うん、まあ……」と答えをはぐらかす。ひとりで行って見つかったときに対処ができないからか。あるいは、裏の秘密を共有する者としての連帯感を感じているのかもしれない。俺が社長に告げ口をしていないから共犯意識が芽生えたのだろう。だとしたらバカな女だ。俺は連帯感など抱いていない。奏子を殺人へ誘導するためにわざと作り上げている関係なのだ。

時間は決まって俺が出勤してくる十一時三十分。この時間は、家族および家政婦は食事をとっているため食堂にいる。奏子は早めに昼食を抜け出し、家族の目につかないように地下室へ行く。

あるときは、何かを俺に言おうとして奏子は口ごもる。あるときは、「この間言った……」まで言って話をあからさまにそらす。奏子の中で殺人という選択肢が育っているのが分かる。奏子は俺に、殺人計画について相談したいのだ。思う壺だ。

奏子が口ごもり、話をそらすたびに、俺は金が自由になる未来を見させ、社長が金をたくさん持っていることを話す。社長の持っている株券と金の総額が十億近くあると話したとき、奏子は予想以上に驚いていた。社長がクラブに飲みに行ったときに自慢していた話なのだが、どうやら奏子は知らなかったようだ。

俺はもちろん「殺せ」とはひと言も言っていない。

そして三週間が過ぎ、地下室の金を目の前にして奏子は言った。

「もし……、もしよ、あの人が死んでしまったとして、このお金は私のものになるのよね」

もちろん俺はポケットの中のボイスレコーダーの録音ボタンを押して準備を整えてある。

「ええ、全部ではありませんが、法律で定められたぶんは相続されることになりますよ」

「そう……、でも私は殺すなんてしないわよ」

俺の目を見て言う。嘘だ。俺は悟った。こいつはやる気だ。ただ、勝手に殺されてはこちらの仕事ができない。奏子が警察にすぐに捕まるようではだめだ。俺が捕まるまでの間、奏子には警察の追及をかわしてもらわなければならない。

「そうですね。警察は優秀です。すぐに捕まってしまいますよ」

「でしょ。でも……」

奏子は言葉を探している。警察の目をかわす手はないかと言いたいのが分かる。俺は用意していた言葉を言う。

「でも、優秀とはいえ、警察にも追及しきれない場合があるのが、やっかいなんですよね」

「どんな場合？」

「あくまで一般論なのですが、物証が乏しくて本人の自白に頼らなければならないとき、本人が記憶喪失だったりするとやっかいです。記憶喪失は精神科医でも立証が難しい。演技で記憶喪失のように振る舞われたら、状況証拠でいくら怪しいとされる容疑者でもなかなか立件できない。特に、容疑者が被害者のことを愛していると切々に訴えているなら、なおさらのことです」

「記憶喪失……、愛していると切々に訴える……」

奏子は視線を落とし、小声で繰り返す。

「そうです。しばらく行方をくらまして、その間、何をしていたのだと追及されても覚えてないと言われたら、警察は頭を抱えてしまうでしょうね。現にそういう記憶障害の人は存在しますから」

「行方をくらます……」

いいぞ、奏子は殺人方法を検討している。だが、現場に遺留物があってはいけない。記憶喪失でもきちんとした物証があれば有罪になる。その点の注意を促さなくてはならない。

「でも、普通は、物証が見つかります。警察の鑑識は優秀ですからね。記憶喪失だとしても、きちんと物証が揃っていれば有罪にできます」

「物証って?」

「たとえば、凶器についている指紋、殺害現場に落ちている髪の毛のことです。現場に髪の毛が一本落ちていたりしただけでも、警察はそこから個人を特定できます。すごいですよね。犯人と被害者が争ったと思われる場合、被害者の爪の中を見たりします。爪の中に、争ったときの擦り取った皮膚があるかどうかを見るんですよ。そこからでも犯人を特定できます。そう簡単に、物証がないなんて状況は作れないので、大抵の殺人犯は捕まります」

「そう……」

奏子はうつむいて考え込む。これで指紋対策、髪の毛対策をとるはずだ。争わないよう、一気にかたをつけようともするだろう。

この日、奏子は考え事に集中しすぎて金を持っていくのを忘れた。

外に出ると蒸し暑い空気が押し寄せてくる。暦はもう九月になった。だが、一向に涼しくならない。暑い空気を運んでくる太平洋高気圧が、日本の真ん中に居座って、夏型の気圧配置のままだからだ。秋雨前線は東北地方から下りてくる気配がない。

庭を横切るとき、下を向きながら奏子が俺に言う。

「私ね、きっと愛されていないの。きっとそうよ。あのね、奈津子を産んで一年後くらいに、私、子宮を悪くしちゃってね。子供を産めない体になってしまったの。最初は腰痛だと思っていて、放ったらかしにしていたのがいけなかったのよ。きっとそれからよ。あの人は、跡継ぎが欲しかったの。男の跡継ぎね。奈津子じゃだめなのよ。それからあの人の態度が変わったわ。私をもう伴侶とも家族とも思っていないのよ。

世間の目があるから置いているだけの飼い犬。それも見捨てた飼い犬。餌だけ与えて寿命がくるのをじっと待っているの。阿部さん、知っているでしょ。総司はもらい子なの。総司をもらったときは、あの人もずいぶん明るくなって、私にも話しかけるようになったのだけど、総司が育ってくるにつれて、あの人は戻っていった。元の、私を無視して餌だけ与えるような夫に。総司は、育つにつれ私ともあの人とも似ていないことがはっきりしてくるようになった。それであの人も絶望したのよ。総司を跡継ぎにするのも、どこかの他人に財産を渡すのも一緒だってことに気づいたの。悟ったときにはあの人は子供を作る能力が失われていた。そして私を恨んだのよ。男の子が産めなかった私を。私は愛されていないのよ」

それは犯人の弁明のように聞こえた。

心情の告白をするとは、どうやら俺を信頼しているか、共犯者としての連帯感を持っている。気を許したようだが、こいつは人を見る目がない。俺は共感も同情もしない。木曽根銅慈が奏子を犬として見ているのなら、俺も似たようなものだ。俺は奏子など、警察を釣り上げるための餌としか見ていない。

「そうですか。それはつらいですね」

同情的に答え、神妙な面持ちを作る。

奏子が愛されているかどうかなど、どうでもいい。

それにしても総司が養子だったとは初耳だ。この情報は何かに使えるかもしれない。

書斎に戻ると、十二時十五分に社長が入ってきた。

社長は窓際にある自分専用のソファにどかりと腰を下ろす。

「今日の予定！」

半分いらつき気味に言う。この言い方はいつもどおりだ。特に機嫌が悪い訳ではない。俺は、ホワイトボードを見ながら、今日の予定を読み上げる。終わると、社長は「フン、上岡か」と言って足をゆする。今日は十二時三十分に愛甲電機システムズの上岡聡介がやってきて、カウントに使う機械の不良改善計画の進捗を報告しに来ることになっている。

社長は五分と座っていられず立ち上がり、部屋をうろうろし、部屋の隅に置いてある書架を「遅い！」と怒鳴って蹴飛ばす。まだ十二時二十分。遅くはない。

約束の五分前に上岡は部下を一人連れてやってきた。家政婦の小島に連れられて、書斎まで来る。俺は上岡たちを引き入れて、秘書席に座る。上岡は泣きそうな顔で、かしこまりながら書斎に入ってきた。進捗がどんなものかは、顔を見れば分かった。

上岡は細い体を深く折り曲げて挨拶する。社長は「フン」と鼻で荒い息を吐いて、自分のソファに座って足を組む。

「先日、報告させていただきました、マシンの不具合改善計画の件についてなのですが……」

　上岡はおずおずと切り出す。年は社長とたいして変わらないはずだが、キャリアの浅い平社員が上司にミスの報告をしているかのように頼りない。彼とて小さいながらも社長として会社に君臨している人間であるのに。

「もちろん、いい報告なんだろうな」

　社長が凄む。上岡は体をいっそう縮める。上岡は連れてきた部下から書類を受け取り社長に差し出す。社長は受け取ろうとしない。

「ここに現在の進捗状況をまとめさせていただいているのですが、それがその……あまり芳《かんば》しくはない状況でして、最初にご提示させていただいた第一案なら、進捗は予定どおりとなるのですが……修正後の予定では、やはり無理があると申しますか……」

「言い訳はするな！」

　社長が怒鳴り、上岡が体をびくつかせる。上岡が提示した第一案では、今日あたりまでに、考えられる要因のリストアップと要因分析、考えられる原因別の対策のリストアップ、対策の優先順位付けまでがなされており、並行して優先度の高いであろうソフトウェアのデバッグまでが済んでいるはずである。それを社長が強引に、加えてハードウェアの対策実行を少なくとも半分は終わらせろと言って、修正させた。修正案の実行は、上岡は最初からきちんと無理だと言っていた。それを社長が聞く耳を持たなかったのだ。

「申し訳ございません」

上岡とその部下が深々と頭を下げる。

「どうしてくれるんだ。アァ!?」

まるでヤクザが凄んでいるかのようだ。組んでいる足をイライラと振っている。

「人数はこれ以上投入できませんし、皆、遅くまで働いておりますので、これ以上、進行速度を上げるのは無理と言いますか……」

社長が立ち上がり、あごを上げて上岡を睨む。身長は社長のほうが五センチほど高い。

「俺の会社などどうでもいいと言うんだな！」

上岡は必死に首を振って頭を下げる。

「いえいえ、決してそのようなことではありません。従業員は、皆必死にがんばっているところでございますので、もうしばらく辛抱していただきたいと……」

「ふざけんな！」

下げた上岡の頭を思い切り押す。上岡は尻餅をついて倒れる。

「申し訳ございません！」

上岡は両膝立ちの姿勢になって頭を下げる。社長は、上岡のすぐ近くまで寄り、あごを上げたまま上岡をねめつけ「土下座しろ」。

上岡は躊躇《ちゅうちょ》する。

土下座など意味はない。上岡の姿勢から誠実に対応していることはうかがえる。嘘を言っているようには見えないし、計画の遅れについては上岡側に非はないはずだ。

「お前のところから買わなくたっていいんだぞ」

社長のその言葉に上岡は屈した。両手を突き、額を絨毯にこすりつける。彼の部下もそれに倣《なら》う。

社長は上岡の後頭部を靴で踏みつける。

「無能が！」

「申し訳ありません」

上岡は、踏みつけられても謝る。

機械の不具合は些細なことである。作業中に機械の電源が突然切れるというものだ。切れても電源ボタンを押せばすぐつくし、設定条件が消えることはないので、すぐに作業を再開できる。入力したデータが消えるようなこともない。しかも頻度は少ない。十台の機械を使っていたとして、そのうちの一台が、一日の作業のうちに不具合が一度起きるくらいの頻度である。作業には全く支障がないといっても過言ではない。

対策は難しいだろう。特定の機械に起きるわけではないし、いつ起こるか分からない。調べなければならない項目がたくさん挙がりそうなのは容易に想像がつく。

だから、上岡の持ってきた報告は土下座をしてまで謝らなければならないものではないし、怒鳴り声をあげて急がせるほど急を要する不具合でもない。

社長はただ怒鳴りたいのだ。縮こまる上岡をいたぶりたいだけなのだ。土下座している人間を踏みつけて優越感に浸りたいだけなのだ。それが穿った見方である証拠に上岡を踏んでいる社長は愉悦の笑みを漏らしている。他人を足の下に敷く快感に酔いしれている。

木曽根銅慈は、くだらない人間だ。取引は等価交換である原則を忘れ、金を払っているほうが偉いという歪曲された幻想にとらわれている矮小な人間である。上岡の会社が提供しているカウントの機械は、ほかの会社よりも三割も安く見積もりを立てていた。安い金しか払っていないのに高性能なものを求めるのは間違っている。払っている金が少ない場合は、低質のサービスで我慢するべきなのだ。低価格での高性能はあくまで、製造側の努力でなされるべきものだ。金を払う側の強制であってはならない。

それにこいつは上に立つ者としても不適格である。社員の生活環境を少しも顧みずに平気でクビにするし、私腹を肥やすことにしか興味がない。社会貢献だの社員の生活などどうでもいいのだ。先月の一ヶ月の全社トータルの売り上げは会社史上初の十億円を超え、利益は一億円を超えた。順調な経営の背景には、理不尽な人事に泣いた人間が累々《るいるい》と横たわっている。

それにこいつは社長という肩書きを取った一人の個体としても、抹殺に値する価値のない人間である。無精ひげを生やして、忙しくて剃る暇がないと言い立てる。ごみをその辺に捨てる。部屋の整頓ができない。禁煙区域でも平気でタバコを吸う。つばをそこら中に平気で吐き散らす。信号は無視する。傘泥棒をする。公園で遊んでいる小さな子を「うるさい」と蹴飛ばす。時間にはルーズで、予定していた会合に間に合わないときは、秘書のせいで遅れたと言う。

こんな奴は日本には要らない。それだけではない。人類の一員として残すに値しない。

一代で業界上位にのぼりつめた結果だけを見ると見事に見えるが、その結果をプラスとすれば、マイナス要素がプラスの何千倍もあるようなくだらない人間なのだ。

このくだらない男が上岡を解放し、彼が顔を上げたとき、その目が赤く腫れていることに気がついた。さぞや強烈な屈辱感を味わっていることだろう。上岡よ。これ以上関係を続けるのが嫌なら木曽根銅慈を殺せ。そうすれば俺が存分に利用してやる。

上岡が持ってきた報告書は俺が受け取っておいた。

＊

十日後、ちょっとした変化が起きた。木曽根銅慈が遺産の分配を公表したのだ。用があると呼びつけられて、家族と石居が揃った応接室に入ると、木曽根銅慈はいきなり「遺産の分配を発表する」と告げた。遺言書は前日に作成したらしい。この男が所有している株券と銀行の金を、奏子に四〇％、奈津子に四〇％、石居に一〇％、俺に一〇％配分するという内容だった。息子の総司には一円も入らない。奈津子が総司を心配して声をかけたが、総司は「大丈夫だ。俺の金は俺が稼ぐ」と奈津子の心配を跳ね除《の》けた。

翌週の火曜日、十一時三十分に奏子が俺の元に現れた。また地下室に連れて行けと言う。

外は雨が緩やかに降っている。関東を覆っていた太平洋高気圧がようやく弱体化し、北にあった秋雨前線が関東まで降りてきた。暑い日が続くと思ったら、今度は雨ばかりが続く。

奏子はいつもどおり俺に後ろを向かせ、金をちょろまかす。最近、奏子は着るものが派手になった。身につけているアクセサリーも増えた。この間は「ランチには毎日行けるようになったのよ」とうれしそうに語った。ランチごときがどうしたとあざけりたいところを我慢し「それはよかった」と笑顔で答えた。もちろん、大金を手にすればもっと贅沢ができることをアピールするのを忘れない。

「ねえ」

背中を向けている俺を呼ぶので振り返る。

「なんでしょう」

「もしも、もしもよ。何日もかかる大規模なかくれんぼをしたと考えて頂戴」

「かくれんぼですか」

「しかも、鬼はたくさんいるの。たくさんいる鬼から逃げて隠れなければならないの。隠れるところはどこだっていいの。北海道だって熱海だって九州だって。そういうとき、阿部さんならどこに隠れるかしら？」

ピンと来た。奏子が木曽根銅慈を殺そうとしている。殺したあとどこに逃げたらいいのかを聞いているのだ。鬼が警察で、逃げるのは奏子だ。先日俺が言った「行方をくらまして記憶喪失のフリをする」という案に乗ったのだ。俺は気がつかないフリをする。ボイスレコーダーは地下室に入る前に録音ボタンを押してある。

「かくれんぼの話ですよね」

「もちろんそうよ」

「それなら、私はこの地下室に隠れますね。かくれんぼのスタート地点が、地下室の上、この家の居間ならなおいいですね。灯台もと暗しという訳ですよ。どこかの地上では、たくさんの鬼にいずれ追い込まれ、囲まれてしまうのが落ちでしょう。この地下室の場所を知っている人は少ない。この家を建てた社長と、建設会社、それに偶然この部屋を見つけた私と、相談した奏子さん。これだけです。私はほかの誰にも言っていません。この誰かが思いつかない限り、見つかることはないでしょう。社長は、この地下室には、ほとんど入りませんからなかなか思いつかないでしょう。この家を建設したのはだいぶ前の話ですから、建設会社の人間が思い出すこともほとんどないと言っていいでしょう。私が言い出さなければ、この地下室に隠れたらなかなか見つからないと思います」

地下室に入るためのレバーの蓋は、もう一度深く押し込めば反動で元に戻る。扉のほうは、内側に突起があってそれを掴めば、内側から閉じることができる。よって一人でも中に隠れることができる。

「もしも。もしもよ。私がかくれんぼをしたときは、阿部さん、黙っていてくれるでしょ」

「ええ、黙っていろと言われれば黙っています」

「じゃあ、黙っていて頂戴」

「分かりました」

奏子は残忍な笑みを浮かべる。確信した。こいつは木曽根銅慈を殺す。完全に俺を信頼し、共犯者扱いしている。教唆対策はしっかりしておかなくては、あとで痛い目に遭うだろう。もちろん裁判では、かくれんぼをするものだと信じきっていたと証言する。夢にも殺人を行うとは思わなかったと。

＊

心配事がある。木曽根銅慈が遺産を公表し、奏子に金を遺すと言ったことにより、奏子の殺意が弱まる可能性がある。そうであれば、なかなか殺人まで行動が発展せず、俺の仕事がいつまで経ってもできないかもしれない。

奏子の真意を探り、今後の行動を見極めるべく、奏子の身辺を洗うことにした。奏子が「英語クラブ」に行っている間、奏子の部屋に侵入した。侵入が家政婦にバレた場合は「忘れ物を届けるよう言われまして」と言えばいい。この家によく出入りしている俺だから怪しまれはしないだろう。コソコソすることなく堂々と部屋に入り、周りを気にせず、引き出しの中などを物色する。

余分な物が一切ない、質素な部屋だった。だから欲しい情報はすぐに手に入った。

化粧台の引き出しの内のひとつが書類入れになっていた。

日記帳の下に、何の題名もついていない書類の束があった。日記帳をざっと見てみたが、たいした記述はなかった。書き込みが少なくて、何も書いていない日が多い。

次に下の書類の束を手に取り、一枚めくってすぐに「これだ」と分かった。

木曽根銅慈への不満が便せんに手書きで書きなぐってあった。一枚目に「木曽根銅慈の所業を記しておきます」と書いてあるので間違いない。ところどころ塗りつぶして修正してあり、何枚にもわたって書いてある。「何度も殴られるし、蹴られる」という記述を見つけた。奏子は暴力を振るわれている。今までに何度も衣服の端からアザらしきものが見えていたので、これは想定内。「お前なんかもう人間ではないと言われた」と書いてある。「お前のようなものを産むなんて程度の低い親だなと言われた」とも書いてある。ほかにも、奏子や奏子の親への冒涜の言葉、暴言が数多く記されている。そのあとに続くのは「ゆるせない」の言葉。木曽根銅慈への恨みは相当溜まっているとうかがえる。「死んでしまえばいい」「早く死ね」などの死を要求する言葉も書きなぐられている。

金をもらえない不満も多く書いてある。「たった四〇%だなんてふざけるな」と書いてあることからして、この便せんは、遺産分配額を公表後に書かれたものであろう。

金を得たら買う物が綴られている。多くはアクセサリー類や、カバンなどの身につけるものだが、沖縄旅行などの旅行の計画も記されている。

いいものを見た。これで俺の仕事がよりスムーズに進むだろう。便せんを元どおり引き出しの中にしまい、俺は堂々と部屋を出る。

奏子が殺人を犯す前に、この書類を処分する必要がある。事後だと証拠隠滅の事後従犯で犯罪に当たるので、それは俺の主義に反する。事前なら、ギリギリ犯罪にはあたらない。処分がバレても夢にも殺人を犯すとは思わなかったと証言する。書類は意図的に処分したのではなく、部屋の整理を任されたときに、処分する書類と紛れてしまったことにする。

これを残すと、この書類を基に捜査対象が奏子一点に集中する恐れがある。俺に捜査の目が行く可能性を減らしてしまう。だから、この書類が残っていてはいけない。この書類を処分するタイミングは、慎重に計らなければならない。早期に処分してしまうと、書類がないことにより殺意がバレたと奏子が判断し、殺害をためらうかもしれないからだ。今後、奏子の様子は注意深く観察する必要がある。

木曽根銅慈が遺産を公表したときは、奏子の殺意が消えるのではないかと焦った。金を四〇%遺すのは愛している証だと捉える可能性があったからだ。

やはり、心配は杞憂《きゆう》に終わった。このバカ女はやる気だ。ずっと、殺す、殺す、愛されてない、愛されてないと反芻《はんすう》してきたのだろう。ほかの考え方を受け入れられなくなっている。自分の懐に入り込んでくる金しか見えなくなっている。好都合だ。

奏子は木曽根銅慈を離れの家の居間で殺し、地下室に隠れるだろう。今後、定期的に部屋やドアの掃除と偽って奏子の遺留物を除去しなくては。それは俺の役目だ。もちろん俺に容疑が向くように、掃除をしたあとは各所に俺の指紋をつけ、俺の髪の毛を落としておく。

とうとう俺の時間が始まる。その日の帰り、俺は傘を差さずに雨の中、走ってアパートに帰った。顔に当たる雨が心地いい。

*

相手は一コールで出た。女の声だ。

「はい。鹿浦兼広法律事務所です」

「私は阿部康高と申します。鹿浦先生はいらっしゃいますか?」

相手は「少々お待ちください」と言い、保留音が流れる。しばらくして鹿浦が電話に出た。

「よう、久しぶりだな」

その精力みなぎる声は相変わらずだ。

「お久しぶりです。また例の仕事ができそうなので、連絡させていただきました」

「やっぱりそうか」

鹿浦弁護士は笑う。悪人のそれのように。「今度はどんな事件だ。放火か、窃盗か？」

「殺人事件になるかと」

「いいぞ、それはいい！」

今度は豪快に笑う。こいつも俺と同類だ。

「それで、また鹿浦先生に弁護をお願いしたいと」

「やるに決まってるだろ。殺人ならほかを放り出してでもやるさ」

「ありがとうございます」

「いつごろになりそうだ？」

「おそらく半年以内かと」

「そうか分かった」

「その時が来たら、また俺のほうから連絡しますので」

「楽しみにしているぞ。ぬかるなよ」

「ええ、それでは」

「ああ」

電話を切って、冷蔵庫から缶コーヒーを出して飲む。窓に近寄り外を見る。雲に切れ間ができて、月がその向こうに見えてきた。

鹿浦弁護士との出会いは、あの事件の一審判決後だった。鹿浦弁護士のほうから俺にアクセスしてきた。俺の父に会い「弁護人選任届」を取り付けてきたと説明した。

東仙大学物理学教授殺害事件は、俺が大学四年のときに発生した。梅雨入り宣言が出たばかりの、じめじめした日だった。俺は研究室とは別の棟にある実験室で、泊まり込みで実験をしていた。深夜○時三十分ごろ、教授が研究室の端にある教授室の中、刃物で首を切られ死亡した。第一発見者は同じ研究室の助手で、次の日の朝だった。当日、泊まり込んで実験していたのは俺だけだった。だから警察は執拗に俺に聞き込みに来た。俺は何も知らないとしか答えられなかった。当時、俺は超伝導の新物質を見つけようと、合成と測定の毎日だった。その日、俺は夜通しで実験室のほうにいて、作製した試料の粉末X線回折測定をしていた。合成した試料を粉末状にして、ガラス板に乗せ、装置にセットして、測定を開始する。測定には二〇分くらいかかるので、その間に、別の試料の測定の準備をする。途中、実験室の棟にあるトイレに行った以外は実験室を出ていない。夜食は買い置きのミネラルウォーターと惣菜パンで、実験室でとったし、仮眠も実験室で取った。教授が死んだと知ったのは、翌朝、測定データを報告書に盛り込もうと研究室のほうに行き、教授室の周りにいた刑事に事情聴取をされたときだった。

　警察の聴取は何度も執り行われ、回を追うごとに時間が長くなっていった。そしてとうとう俺は、容疑者として警察署に引っ張っていかれることになる。取調室は暗くて寒かった。その日は雨が降っていて日の光が差してこないからだろうが、それ以上に暗くにごっているように見えた。刑事は俺を脅し無理やり犯行を認めさせた。当時、俺は若くて弱かった。俺は執拗な警察の攻めに屈服し、苦痛から逃れたいあまり刑事の「やったんだな」の声にうなずいてしまったのだ。

　俺は逮捕され起訴された。俺は事件について何も知らなかったので、教授が〇時三十分ごろ殺され、刃物で首を切られたというのは取調べの最中に知った。ペンを刃物代わりに持たされ、どこを刺したと凄まれる。俺は怖くて刑事の胸のあたりを突く。刑事が「違うだろうが！」と怒鳴る。俺は頭のあたりを突く。再び刑事の怒号。俺は逃れたくて必死に首のあたりを突く。そこで刑事は「なんだ、覚えているじゃないか」と声を和《やわ》らげ、首を刺したという調書が作られてゆく。そうして俺は教授が首を刺されて死んだのだと知った。

　警察が描いたストーリーに合わない発言をすると、胸倉をつかまれ怒鳴られる。警察が描いたストーリーに合う発言をすると、思い出したことにされ、それが正直に発言した内容として記録される。刑事が気に入る発言をするまで、食事をとらせてくれないし、トイレに行かせてもくれない。そんな仕打ちを繰り返してゆくうちに、刑事に都合のいい内容ばかりを考え、刑事から怒鳴られない発言ばかりを探すようになってしまう。苦痛から逃れたい一心で。

警察は、元から嫌悪の対象だった。

子供のころから俺の実家によく来る伯父が警察署の刑事課の人間だった。父親の兄にあたるその伯父は、俺の家庭に対して親睦を深める意向など全くなく、俺の家庭は搾取の対象だった。礼も言わず謝礼も支払わず、当たり前のように、俺の家で食事をし、当たり前のように俺の父親から金を巻き上げる。俺の親を使用人のように使いまわし、気に入らないことがあれば、俺や俺の親を平気で殴る蹴る。こちら側が何もしていなくても、殴られる、蹴られる。そいつが料理の味を気に入らないときは、皿ごと料理を俺の母親に投げつける。

そいつは俺の家のなかで、平気で唾を吐き散らし、時には靴のまま上がり、雨で服が濡れたという理由だけで、俺の家の壁を蹴って穴をあける。母親が嫌がるのを無視して母親の体を触りまくり、股間をこすりつけ、顔をなめる。俺や父親がいるところだろうが構わず、自分の欲求を満たすべく母親を触る。

俺も親も体力ではそいつに負けるので、やられるまま。不満と憎悪をつのらせるばかりであった。

俺にとって警察とは、くだらない人間の集まりで、社会を正す正義なんかでは決してなかった。

それに加えて今回の強引な取り調べで、警察に対して憎悪しか抱かなくなった。

結局、教授殺害事件は、俺が殺したことになり、裁判になった。

裁判では警察抜きで話ができるから、そこで真実を明らかにしようと決めて、裁判で俺は犯行を否認した。だが俺についた弁護士は役立たずと言うべきだった。小さくもごもごと下を見ながら発言し、すぐに発言を終わらせる。検事の言うことに対して異議をはさまない。裁判で勝つ気など全くなかったのだ。

俺は反省の意なしと評され、懲役七年の刑が下った。

俺はどうしていいのか途方にくれた。俺の味方はどこにもいないのだと感じていた。そんなとき、鹿浦弁護士が現れた。彼が二審の弁護についてくれた。

二審は勝訴した。弁護士が違うとこんなにも裁判は変わってくるものだと知った。裁判は「十人の真犯人を逃してでも、一人の冤罪者を救う」という精神で運用されている。冤罪が生まれるのは、弁護士が無能であるからなのだ。無論裁判官に見る目がなかったりしても冤罪は生まれるが、弁護士の存在は大きい。鹿浦弁護士を見て俺はそれを悟った。

俺は鹿浦弁護士にすべてを託し、彼の言うままに陳述書を書き、裁判では彼の言うままに発言した。鹿浦弁護士は、証拠が不十分である点をまず指摘した。教授室に残っている指紋と頭髪を元に俺が犯人であるとされたのだが、俺は研究の報告で何度も教授室を訪れていた。採取した証拠は、犯行を犯した証拠とはなりえないと主張、自白は強要されたものであることを主張した。そして二審の係争中に、鹿浦弁護士は、独自に事件を調査し、真犯人を見つけてきたのだ。犯人は教授の故郷にいる教授の同窓生だった。金のもつれで教授を殺害したという自供を引き出し、それを裁判で示して、俺の無罪を勝ち取った。

冤罪であると分かってから、マスコミが俺と鹿浦弁護士に殺到した。警察が見つけられなかった真犯人を見つけてきた鹿浦弁護士は、連日マスコミに取り上げられた。マスコミに取り囲まれて誇らしげに語る鹿浦弁護士は、俺にとっては神々しく見え、陳腐な言い方になるが救世主であり正義のヒーローそのものだった。

鹿浦弁護士は、俺に裁判を起こすよう提案した。そこで初めて俺は国家賠償法という法律があることを知った。自白の強要で精神的損害を被ったとして裁判を起こし、そこでも俺たちは勝利した。

彼は、過去にも冤罪事件を扱い、冤罪者を救っている。最初、彼は正義感から冤罪者を救っているのだと思っていたが、それは俺の勘違いだった。鹿浦弁護士は、ただ警察の経歴に傷をつけたいだけなのだ。そのために、日々、刑事裁判をチェックし、無罪が勝ち取れそうなものを探している。彼にとって、被疑者が犯行を実際に行ったのかどうかはどうでもいいのだ。真相がどうであるかなど彼にとってはどうでもよく、ただ無罪が勝ち取れればそれでいい。俺の冤罪事件も教授の同窓生が真犯人なのかは本当のところは分からない。彼のことだから一審の記録を見て事件の詳細を覚え、それを元に金の力を使って同窓生を真犯人に仕立て上げたのかもしれない。彼は、ただ無罪が勝ち取れればそれでいい。警察の捜査を台無しにし、刑事を責め、その経歴に傷をつけられれば彼はそれで満足なのだ。担当した刑事に会いに行き、悔しがる刑事を目の前に高笑いをして、優越感に浸りたいだけなのだ。そのためには採算が合わなくてもかまわないような男なのだ。

だが、それでもかまわない。俺にとって鹿浦弁護士が強力な仲間であることには変わりない。鹿浦弁護士との関係はその事件からになる。俺が、生活資金を得る仕事とは別の、警察を相手にした仕事ができるのも、鹿浦弁護士がいるからだった。

警察は、国民のプライベートに深く踏み込む捜査を保障されているから、賠償責任をかぶせるのは困難である。だからこそやりがいがあると言える。当落ぎりぎりのラインでせめぎあうのが楽しくて仕方がない。だから俺はこの仕事をやめられない。うまくゆけば賠償金という形で金が儲かるだけでなく、刑事の経歴に汚点をつけられるのだ。これほど面白い仕事はない。

ビジネスチャンスとは人の注目していないところに存在する。人は犯罪に巻き込まれる可能性を考えて生きてはいない。犯罪は必ず存在するのに、自分の生活と犯罪を切り離している。その意識が生む犯罪という隙間にビジネスチャンスはある。俺がやっている仕事は、その隙間にビジネスチャンスを見出した、先駆的なものなのだ。

現在 二――誘引の罠

四日目。昨日、夜の捜査会議で宮弧さと美の渡米の話をしたら、念のため木曽根家との関わりを調べることになった。木曽根家とミクトラル側からの宮弧さと美の関わりは別の刑事が担当する。渡利一義は、宮弧さと美側から調べることになった。緒川は「つきあわないぞ」と言い捨てて勝手にどこかに行ってしまった。渡利一人で調べることになった。電話で阿部に、宮弧さと美の現在の勤め先と、彼女と知り合った馴《な》れ初《そ》めを聞いた。宮弧さと美は現在、本厚木駅近くのキャバクラ「ビハインドキャッツ」で働いている。阿部と知り合ったのは、キャバクラに勤める前の勤め先である、相模原にある人材派遣会社だった。キャバクラと人材派遣会社の連絡先を阿部は覚えておらず、すぐには出てこないという話だったので、社名と、おおよその住所を聞いて、一〇四で調べた。調べるとしたらキャバクラのほうだろう。木曽根銅慈が客として来ていた可能性がある。そう思って人材派遣会社のほうは、電話で済ませた。案の定、収穫はなかった。ミクトラルへの人材派遣は行っていなかった。得た情報といえば、阿部康高と宮弧さと美が二年前まで勤めていたこと、宮弧は手先が不器用で、阿部は逆に器用だということぐらいだった。今日は宮弧さと美がキャバクラに出勤するのを阿部から聞いている。そこで宮弧さと美の聴取もしよう。それまで、奏子捜索に加わろうと決めた。

＊

七日目。奏子はまだ見つかっていない。

この日、渡利は奏子捜索に就くことが捜査会議で決まっている。本厚木駅の前で、奏子を見かけた人がいないか探すのだ。

捜査本部では、これまで奏子の捜索は一番力を入れてやってきた。近所の知り合いや奏子が通っていた「英語クラブ」のメンバーに尋ねることから始まって、奏子の実家である茨城周辺の捜索。高校、中学、小学校の同級生への聞き込み。通話記録を調べ、通話先への聴取。ホテル、旅館への聞き込み。途中、無人の建物があれば覗いたりもする。本厚木駅周辺のランダムな聞き込みやタクシー運転手の聞き込み。高飛びしているかもしれないと、飛行場に行って搭乗記録を調べたりもした。家政婦に立ち会ってもらい、奏子の部屋を調べたが、行き先のヒントになるようなものは出てこなかった。家政婦に聞いた限り、奏子の身の回りのものでなくなっているものはほとんどないし、銀行から金を下ろした形跡もないので、遠くには行っていないと推察できる。木曽根邸周辺に一番力を入れて捜索しているが、いまだにヒントらしきものも見つからない。

遺留物のほうは、あいかわらず被害者と阿部康高のものしか出てこない。阿部が犯人ではないかという意見が強くなり、阿部の周辺調査も重点を置くことに決まった。

結局、宮弧さと美と木曽根家には接点がないことが分かった。宮弧さと美のキャバクラ店に、木曽根銅慈は行ったことがないと判明した。宮弧さと美は捜査対象から外すことに決まった。念のために、ホームステイ先の電話番号と住所は聞いてある。

今朝も寒いが、雲が途切れてときどき日が差す。昼ごろには少しは暖かくなるかもしれない。

渡利は、署を出るとき、昨晩思いついたアイデアを緒川に話してみることにした。

「あの、ひとつ相談があるんですが」

「また阿部か」

嫌そうに顔をしかめ、うんざりだと言いたげに言葉を吐き捨てる。

「いえ、阿部の線はとりあえず置いておきます。奏子の行方について、ちょっと思いついたことがあるんですよ」

「なんだ」

「現場は、全部内側から鍵がかかっていた。合鍵は見つからず現場は密室といえるような状態でした。ということはですよ」ひとつ、つばを飲む。これを言ったら馬鹿にされるかも。そういう思いが、言うのを一瞬とどまらせる。「犯人、つまり奏子は、まだ中にいるんじゃないでしょうか」

緒川は眉をひそめる。「まだ……中に？」

「はい。木曽根銅慈ほどの金持ちになると、表に出せないような金を持っていると思うんですよ。それを隠す場所があるのではないかと。いわゆる……」

「秘密の部屋か？」失笑する。

「ええ、まあ……」言って恥ずかしくなる。やっぱり言うべきではなかったか。

後ろから肩を掴まれた。振り返ると、すぐ近くに県警エースクラスの刑事・北島景三がいた。笑っている。聞いていたのか。

「奇遇だな。俺もそう思うぞ」

「えっ？」

思わず聞き返した。「そう思う」と言ったか？

彼は渡利の肩をポンと叩く。「あの家の設計図をほかの奴にあたらせている。俺たちはひと足早く現場に行くぞ」

北島は渡利の背中を叩く。渡利は慌てて北島を追った。緒川もついてくる。

意気揚々とずんずん歩いてゆく北島に渡利は聞いてみた。

「奏子が秘密の部屋に隠れているような証拠があったんですか？」

「電気のメーターだ」

「メーター？」

「昨日、会議のあとに現場に寄ったとき、電気のメーターが動いているのに気がついた。家の中を確認してみると、電気を使っているものがなかったのだよ。部屋の明かりは消されているし、冷蔵庫もないし、電話機もない。趣味の部屋とやらにあった測定器なども全部電源が落ちていた。待機電力を使うようなものとしては、オーディオセットがあったのだが、コンセントが抜けていた。つまり、あの離れの家の見えるところには電気を消費するものが何ひとつないのだ」

なるほど。それなら知らない部屋が存在し、そこで電気を使っている可能性が高い。さすがは県警エースの北島だ。秘密の部屋の可能性を考えて、すでに調査をしていたのか。北島の言葉を受けて俄然《がぜん》やる気が出てきた。秘密の扉を開けたら、そこには奏子がいる。きっとそうに違いない。

一同は北島の運転で木曽根邸に向かった。もうすでに見慣れた木曽根邸のその建物は、朝日を浴びて白く輝いて見えた。

離れの家には二人の刑事が見張りをしていて、表側は佐々木だった。細い体を寒さで絞っているので、より細く見える。彼が手に持っている携帯用の吸殻入れは、一杯になっていた。離れの家に入ってゆく三人を怪訝そうな目で見ている。

「この家の構造からして、部屋があるとしたら地下だ」

北島のこの発言をもとに、「趣味の部屋」が緒川、寝室が渡利、居間が北島という配置で地下室探しを始めた。

渡利は手袋をつけ、寝室に入り、まずフローリングの床を叩いてみた。空洞があれば音が違って聞こえるはずだが、どこを叩いても同じ音だった。ダブルサイズのベッドを動かしてベッドの下を叩いてみたりもしたが、結果は同じ。次に、秘密の部屋に入るスイッチ類がないかを探した。壁をひと通り触っても、それらしいものがあるとは思えない。CDが多量にある棚を、CDをどかして動かしても何も見つからない。

右側の壁に並んでいるオーディオ機器を眺めてみたとき、ひとつ用途不明の機械があることに気がついた。DVDプレイヤーにも見えるが、この部屋にはモニターがないので違うだろう。媒体を入れるトレーが二つある。抜けていたコンセントを挿し、電源をONにする。いくつかボタンを押してみるが何も変化がない。渡利はその機械の裏面を見てみる。電源コードのほかに、線が二本延びていた。線の先を目で追ってゆくと、二本ともドアの向こう、つまり部屋の外に延びていることが分かった。線を追ってゆくと、居間のほうに続いている。居間に入るとキッチンのほうに延び、そこで二手に分かれる。ひとつはキッチンの横にある、皿などが置いてある棚の上につながった。

棚の上は、菓子の箱やらコーヒーの袋やら雑然と置いてあって、線の先がどうなっているのか見えない。キッチンにある椅子を持ってきてそこに乗り、上を確かめてみると、線の先に直径一センチくらいの円筒状の黒いものがあった。先端にあるものはレンズに見える。レンズは、部屋の中央、ちょうど犯行現場のあたりに向いている。

まさか、カメラか。そう思った渡利は、慌てて寝室に引き返す。線の元に戻って、トレーを開けるボタンを押す。トレーが手前にスライドする。トレーには何も載っていなかった。もうひとつのトレーも同じだった。これが防犯カメラのようなものだったらと思って期待したのだが、どうやら、この機械は使ってはいないらしい。

再びキッチンに戻る。部屋の奥、ロフトの下あたりで北島が入念に床を叩いている。渡利は、今度は別の線をたどる。線は高いところを伝っていたのだが、コンロのあたりで下り、床を這うようになる。コンロからシンクのほうへと続く。このあたりには金属の板やら、プラスチックの欠片など何かの材料と思われるものが散乱している。何かを作っている最中だったのかもしれない。線を追っているとき、床にあった金属の板を足ではじいてしまう。金属の板は排水口と思われるものを覆っていた。そのまま、線の先を追う。キッチンの端まで行って、線は床の中にもぐっていった。線の周りを叩いたり、フローリングの床を引き剥がそうとしたり、いろいろやってみたが、それ以上線を追うことはできなかった。こちらの線にもカメラがついているとすると、そのカメラは秘密の部屋の中にあるのではないか。渡利は、秘密の部屋が居間の地下にあると確信した。

「そちらは、どうですか？」

北島に聞くと、彼は耳をフローリングの床に近づけていた。

「どうもこのあたりが怪しい。音が違うような気がする」

渡利は、寝室から繋がる線の話をして、居間に地下室があるという推理を聞かせた。

「なるほど、考えられるな。よし、三人でこの部屋をあたろう」

緒川は渡利が呼んできた。三人で北島の探っていたあたりを調べる。床板を押してみたり、横にずれないかやってみたり、引き剥がせないかやってみたが、秘密の入り口のとっかかりは見つからない。

緒川が鍵の入っていた棚を動かそうと、体を棚の横に入れたときだった。緒川が「あっ」と声を上げて自分の足元を見る。渡利と北島も見た。緒川の足があった場所の板が二センチくらいへこんでいる。

「やったぞ」

北島が声を上げて、緒川の足元に駆け寄る。北島がへこんだ板に手を置いて横に力をかけてみる。板がスライドした。板の下には、赤いレバーがある。

「よし」

北島はつぶやいて、レバーを反時計回りに回そうとするがレバーは動かない。時計回りに回してみると九十度だけ回る。

渡利の足元でカチリと錠がはずれるような音がした。渡利は慌てて立ち位置を変える。

床が、縦二メートル横一メートルの幅で持ち上がった。渡利は鼓動が速くなっているのを感じている。持ち上がった床板に震えそうな指先をかけて引き上げる。片側を軸にして床板が回る。

北島と緒川が、中が見える位置に急いで移動する。中は電気がついていた。明るい。

床板は八十度くらい角度がついたところでカチリと止まる。

三人で入り口に立ち、奥を見る。

そして立ち尽くした。

奏子は――

いた。階段の下で顔をこちらに向けている。

だが、奏子は死んでいた――いや、殺されていた。首を切り落とされ、生首だけが階段の下に置かれていた。うつろな濁った目が、立ち尽くす三人を見上げている。

＊

その日の夜、八時半。一日中歩き回って疲れた渡利は、捜査本部が置かれている講堂の後ろのほうの椅子に座ると、体を背もたれに預け、天井に向かって長い息を吐く。そのまま目を閉じて、疲れが椅子に溶けてゆくイメージを頭の中に描いてみる。そうしているといくらか楽になる。

奏子発見と、奏子殺害される、の報告を本部に入れた直後、全員、捜査本部へ引き返せとの指示が出た。捜査方針を組み直して、今日は全員、奏子の関係者への聞き込みにあたった。奏子捜索で奏子の関係者は掘りつくしてある。今日一日で聞き込みは終わるだろうというのが安堂と渡利の一致した意見だった。

奏子を発見したとき、北島が鑑識を呼び、緒川が本部に連絡を入れた。その後、北島を先頭に階段をゆっくり下り、現場を荒らさないように慎重に見た。

地下室は居間の半分くらいの広さで、周囲はコンクリートむき出しの壁。裸の電球がひとつ部屋の中央にぶら下がっている。棚が北側と南側にあって、北側にはワインとスーツケースが置いてある。ワインはどれも年代物で、ひとつとして開栓しているものはない。スーツケースの中には金がつまっていた。まさか裏金か。ここは裏金を隠す部屋なのかもしれない。南側は釣りの道具と思われるものが雑然と置いてあった。奏子の様子を見たあと、渡利は釣りの道具を少し掻き分けてみた。予想どおり、ここにも先にレンズのついた小さな筒がある。

奏子の首から下は部屋の中央にあった。体を何箇所も刺されていた。腹にも背中にも足にも刺創がある。近くには刃の細い包丁が投げ出されていた。木曽根銅慈を殺したときの凶器かもしれない。もちろん鑑識の調査を待たねば、はっきりしたことは分からないが。

現場には、地下室に篭城《ろうじょう》するつもりだったのだろう、大きなバッグに食料や飲料、ラジオなどが積んであった。ひとつおかしなところというか、三人の気を引いたのは、コンクリートの床に血文字が残されていた点であった。指で書いたと思われる字だった。

ナマエ

ツギ

コウチャ

片仮名でそう書いてあった。これは何を意味するのか。

肩を叩かれた。

目を開けて隣を見ると、安堂がどかりと椅子に座るところだった。

「だめだ、手がかりなし」

安堂はため息まじりに言う。

「こっちも」

奏子の関係者に、奏子を殺すと思われる人物がいるか、最近、奏子の周りに怪しい人物がいないか、などを緒川とともに聞いて回った。誰も思い当たる節はないという。やはりここはセオリーどおり近親者を疑うべきか。奏子が死んで得をするのは遺産を受け取る人間だ。木曽根銅慈の遺言には、奏子亡きときは、奏子の相続分を奈津子が受け取るとなっていた。となると容疑者は奈津子か。

捜査員が続々帰ってくる。彼らの表情から誰も収穫はなかったのだろうと推察した。

九時になり全員が揃い、馬渡捜査一課長が会議の開始を告げる。各員の報告から始まった。渡利と緒川で取った情報は緒川が発表した。寝室にあった隠しカメラのような機械については、補足として渡利が報告した。明日、その機械を詳細に調べることになった。

上がってきた情報から奏子の人柄が浮かびあがってくる。奏子は波風立てることを嫌い、誰とも親しく接して敵を作らないようにしている。いわゆる八方美人タイプの人間だ。自分から積極的に話題や物事を持ちかける人物ではなく、会話は聞き役、周りがやることに受身で接する。だから交際範囲はあまり広くなく、敵らしい敵はいない。今日の聞き込みからは容疑者の絞り込みは無理そうだ。ひと通り報告が終わると、明日以降の方針を馬渡捜査一課長が告げる。主に関係者のアリバイ調査だ。奏子の死亡推定時刻は、現在第一優先で調べさせているとのことだった。結果が上がり次第、本部に連絡がくる手はずになっている。

しばらく鑑識の結果待ちとなった。空白の時間。全員、じっと報告が上がるのを待つ。渡利は、総司が犯人だったら、奈津子が犯人だったらと仮定して、どのように犯行を行ったのか、どこで嘘をついているのか、動機は何かなどを順に考えていった。石居が犯人だったら、阿部が犯人だったら……。

ひっかかるのは阿部だ。奏子を殺した犯人が、あの家の密室を作り上げた可能性は高い。その密室の謎解きは、阿部を犯人とすると説明がつく。

鑑識の鴨下が駆け込んできた。丸い顔にいっぱい汗をかいている。

「結果が上がりました」

息を上げながら大きな声で報告する。

「結果は？」馬渡捜査一課長が問う。

息を整え、腐乱の状態から判断しての結果だと説明して、鴨下が奏子の死亡推定時刻を発表する。

会議室中がどよめく。渡利は「そんなばかな」と口走っていた。馬渡捜査一課長が「それは間違いないか？」と鴨下に問う。鴨下は手にした書類をじっと見て「間違いありません」と答えた。奏子の死亡推定時刻は、木曽根銅慈殺害事件の捜査開始から三日目の正午から二十四時の間だった。

この時間、渡利と緒川は現場を動かずに見張っていた。渡利が表側を、緒川が裏側を。

誰も奏子を殺せるはずがない。それをじっと現場に立ち尽くして見ていたのだから。まさか緒川が。そんなばかな。馬渡捜査一課長が「その日、現場を見張っていたのは誰だ」と聞く。緒川と渡利が立ち上がる。

「そういえば、阿部が現場に来たと言っていたな」

「はい。夕方ごろに現れました」

渡利はそう答えた。

「すると阿部が犯人か？」確認するように問う。

渡利が当日の状況を思い出しながら「阿部に犯行は無理です」。

「なぜだ」

「阿部は、寝室にあるCDを取りに来ました。私も一緒に現場に入り、阿部がCDを取るところを見ました。阿部がやったのはそれだけです。ずっと一緒にいたので確かです」

「なら阿部がCDを取っている隙に、誰かが現場に入り、奏子を殺したかもしれん」

「それも無理です。私は寝室には入っていません。廊下に立って阿部がCDを取るところを見ていたのです。寝室の廊下と地下室のある居間はすぐ近くです。誰かが入ってくれば必ず気づいたはずです」

渡利は思い出しながら自分の発言に間違いはないと確信した。廊下から居間の半分近くは見渡せる。地下室に入る扉が開いたら見えるような位置だ。

「ほかに、現場に来た者はいるか？」

「いいえ、誰もいません」

「阿部が寝室から、地下室にいる奏子を殺したとでも言うのか？」

自問するように馬渡捜査一課長はつぶやく。渡利はその問いには答えなかった。答えるまでもない。CDを取っただけでは人は殺せない。しかも別の部屋にいる人間をだ。

阿部は犯人ではない。だが、それなら誰が犯人だというのか。誰にも犯行は不可能だ。だからといって自殺でもないだろう。奏子は首を切り落とされており、首は階段の下まで運ばれていた。自殺でそんなことはできない。

馬渡捜査一課長は唸り、吐き捨てるように「座れ」と言う。緒川と渡利は座った。馬渡捜査一課長はしばらく判断に迷っていたが、明日の方針に変更はなかった。アリバイがなくても殺害方法を説明できなければ公判は維持できない。裁判で容疑者の殺害方法を立証しなければ容疑者の罪を問えない。

明日は半ばむなしい作業になるだろうと思いながら講堂を出た。

＊

八日目。すっきりしない心の中とは裏腹に、いい天気だった。久々に見る太陽は、必要以上に光線を出している気がする。緒川と渡利は、昨日聞き込みをした相手を再び訪問し、アリバイの確認と、念のため昨日と同じ質問もした。

夕方、ひと通りの調査を終え、帰路につこうとしているときだった。携帯電話に安堂から電話が入った。

「やばいぞ」

安堂は開口一番そう言った。

「何がだ？」

その質問には答えずに、安堂は「お前、ミクトラルの社長を以前から知っていたと言っていたな」と聞く。

「誰かから話を聞いただけだけれども」

「それ、確かだな」

「ああ、そうだけど。何？」

この問いにも答えない。

「よし、信じるぞ俺は。お前な、今のこと誰にも言うな。木曽根銅慈のことは事件が起きてから知ったと言え」

「なんでだよ」

それにも答えず、もう一度「やばいぞ」と安堂は言う。少し興奮気味のようだ。

「どうしたんだよ」

「確かな情報じゃないが、刑事が増員された」

潜めるような声で言う。

「それのどこがやばいんだ？」

「増員された刑事の捜査対象は、俺たちだよ」

「は？」

「馬渡捜査一課長は、俺たちの中に犯人がいる可能性を考えている」

「なるほど。そういうことか」

馬渡捜査一課長は、特に緒川と渡利を疑っているだろう。木曽根家と以前からつながりがあって、木曽根銅慈を殺害したのち、自分が見張りのときに奏子を殺害。そして現場には誰も現れなかったと報告して事件を迷宮入りにする。そういうストーリーを描いているに違いない。以前から木曽根銅慈を知っていたと言えば、あらぬ疑いをかけられる恐れがある。

「でも、噂話を聞いただけだって言えば分かってくれるだろ」渡利は楽観的に言う。

「お前は何も分かっちゃいない」

「何かあるのか?」

「これは確かな情報なんだけどな。馬渡捜査一課長は相当追い込まれている。今回ホシを挙げられなかったら、左遷《させん》って話だ。何かやらかしたか、今までの成果が悪かったか。一番有力な噂は裏金関係だ。実際のところは分かんねぇけど、相当切羽詰まっている。だから無理やり犯人をでっちあげるかもしれねぇ。いいか、馬渡捜査一課長は真実や真犯人が欲しいんじゃない、結果が欲しいだけなんだ」

それは知らなかった。署の隅々までメール網を築いている安堂だけに説得力がある。とはいえ安堂の情報は単なる噂にすぎないのかもしれない。だが、気をつけるに越したことはないだろう。

「そうか、分かった。気をつけるよ」

そう言って、渡利は電話を切った。緒川は、公園のベンチに座って、公園の中で遊ぶ子供たちを見ている。今の話を緒川にしようかどうか迷った。もし馬渡捜査一課長の説が当たっているなら、犯人は緒川になる。そう思ったら、言いそびれてしまった。緒川のほうから何も聞かれなかったので、そのままになった。

昨日聞き込みをした、奏子が年賀状でやりとりしている旧友のアリバイ確認をしてきた。時間が十二時から二十四時と幅広いと、皆どこかに空白の時間があり、やろうと思えば、木曽根邸に行くことができる。だが、三日目の十二時から二十四時の間に現場に現れた人間は、阿部一人。誰のアリバイを調べてもむなしい作業だった。もっとも、窓から緒川が手引きして招き入れていなければの話だが。

夜九時の会議では、アリバイ調査の結果がまとめられた。完全なアリバイがある人間は少ない。アリバイがあるのは、まずは息子の総司。彼は木曽根銅慈が殺害されたあとは、友達の家を渡り歩き遊び倒している。担当した刑事は、足取りを追うのが大変だったとこぼしていた。総司は、前日に大学の友達の家に泊まり、奏子殺害の日は、その友人とゲームセンターに行き、知り合いが出演している演劇の鑑賞に行って、その劇団の打ち上げに参加したあと、夜は飲み屋をはしごしている。そのあとは旅館に泊まって次の日まで旅館にいたという。

次は第一秘書の石居。彼は昼前に本社のほうに出勤し、木曽根銅慈の葬儀の連絡に追われていた。ほかにも、新体制作りの話が早速挙がっていて、その会議に出席していた。夜は、馴染みのスナックにこもり、深夜二時に帰宅している。ほか、住み込みの家政婦である小島と朝霧は、この日、屋敷の大掃除を二人でしており、調理も二人でしている。夜は、深夜一時ぐらいまで二人で事件のことを話し込んでいた。互いにアリバイを証明する証人になっている。二人が共犯でない限り、家政婦二人のアリバイは鉄壁だ。

娘の奈津子は、ずっと家にいたのだが、一人でいる時間が多く、離れの屋敷に行くチャンスはいくらでもあった。阿部は、夕方にCDを取りに来る前は、刑事の事情聴取を受けている。CDを取ったあとは、棚卸の仕事に向かっているが、CDを取ったあとすぐ引き返すことができるためアリバイは完璧ではない。

寝室にあった隠しカメラを調べた結果が報告された。カメラに見えたものは、たしかにカメラだと分かり、レコーダーと思われる機材にはHDがついていることが分かったが、データをサルベージしてみても、事件当日の映像は入っていなかった。

現場に残されていた「ナマエ、ツギ、コウチャ」の血文字に至っては誰も意見を言えなかった。渡利は、この三つの単語は、なんとなく関連のある言葉のような気はしているのだが、ではどんな関係なのかと考えてみても、何も思いつかなかった。

ほか、合鍵を作った鍵屋はいまだに見つからない。市内の鍵屋はすべて不発だった。今度は市外にも足を伸ばして調べることになった。靴跡については調べられるものはひと通り調べがついて、木曽根銅慈を含む、木曽根家の人間と家政婦、秘書二人の靴跡が出てきて、容疑者の特定には至らなかった。ひとつ不明の靴跡があったのだが、今日になってミクトラルの下請け業者である愛甲電機システムズの上岡社長のものだと判明した。上岡のアリバイは、木曽根銅慈殺害時にはなく、奏子殺害時には、自身の会社で会議および現場監督をして、夜は会社に泊まり込んでいる社員の監督役を務めていたためアリバイは鉄壁だ。

奏子の刺創はどれも浅いと分かり、首の切断が致命傷だと判明した。首を切り落とされる前なら、刺されたあとも、しばらくは息があったのではないかと推察された。つまり血文字を書く余裕は、場合によってはあったのではないかということだった。木曽根銅慈の刺創は深かった。殺し方が違うので奏子を殺害したのは木曽根銅慈を刺した人物とは違う可能性も考えられる。一方、傷の形から判断して、木曽根銅慈の殺害に使用されたのは、奏子殺害と同一の凶器――奏子殺害現場にあった包丁である可能性が高いことも分かっている。同一犯による殺害の線が消えたわけではない。

*

九日目。本厚木駅から小田急線で一駅の愛甲石田駅で降りる。上岡が勤める愛甲電機システムズは国道二四六号線沿いにある。上岡が犯人である可能性を探るため、上岡の詳細なアリバイ確認と、社員への聴取を行うためにやってきた。北口を降りて雨に濡れたバスターミナルを越え、国道二四六号線に入ったところで、渡利はそれまで黙って歩いている緒川に話しかけることにした。ひとつ、はっきりさせなければならないことがある。

「緒川さんはどう思いますか？　奏子殺し」

「ホシを特定できるデータがない。それだけだ」前を歩いている緒川は渡利のほうは見ようとせずに、突き放すように言う。

「緒川さんは、奏子をいつから知っていました？」

なるべくさりげない調子で聞いてみる。緒川は振り向いて目を細める。にやりと笑った。

「私を疑っているんだな」

「そういう訳ではありません。確認です」

緒川はフッと笑い飛ばす。

「確認か……、奏子など知らん。木曽根銅慈とも会ったためしはない」

「そうですか……」

小雨がぱらついてきた。昨日の晩から降り始め、降ったり止んだりと、はっきりしない状態が続いている。

「私たち疑われていると思いませんか?」

国道二四六号線から枝道に入ったところで再び話しかける。

「だろうな」

他人事のように言う。

「早いところホシを挙げないと、私らスケープゴートにされてしまうかもしれないですよ」

「分かっているよ」

とても分かっているようには思えない返答だ。

「ホシを挙げられなかったら馬渡捜査一課長は左遷って噂が出ています」

「らしいな」

あくまで余裕の態度を崩さない緒川に、少々いらだちを感じた。

「よくそんな平気でいられますね。これから現場に行きませんか。なんとかして奏子殺しを説明しないと」

「誰かが見ているだろ。私たちは与えられた仕事をしていればいい」

「待ってられません。それとも緒川さんは何か考えがあるんですか？」

「ない」

「女のカンはないんですか？」

緒川は立ち止まって鋭く振り返り、渡利を睨む。言ってからしまったと思ったが遅い。緒川は今まで女を感じさせないような言動をしてきた。男社会の中で男と同化し、女を捨てて仕事に従事しているためだと思って、渡利は今まで男として接してきたはずなのに、ここに来て思わず言ってしまった。スケープゴートにされるかもしれない状況がもたらす不安定な心が生み出した失言だと考えてみるが、なんの慰めにもならなかった。

「すみません」

渡利は謝るが、緒川の視線が和らぐことはなかった。刺すような視線に耐え切れず、渡利は先に歩き出す。

しばらく渡利が先に立って歩き、後ろから緒川がついてくる位置関係が続く。

「渡利一義、三十二歳、独身」淡々と文章を読み上げるような口調は緒川のものだった。渡利は立ち止まって振り返る。緒川は立ち止まって先を続ける。「祖母がアメリカ人でクォーターだそうだな。小さいころから祖母に育てられたおかげで英語が堪能。だが、南部なまりがあるため人前ではあまり英語を話さない。そのジャンパーは、一昨年に佐原巡査にもらったものだ」

「どうしてそれを……」

緒川は答える代わりに、口角を吊り上げて笑う。

渡利は二つ悟った。ひとつは、やはり馬渡捜査一課長は、渡利たちを疑っているということ。渡利のことを調べられたのがその証拠だ。それにもうひとつは、緒川がその調べる側にいるということ。緒川はそれを言いたいがために、渡利の素性を言った。スケープゴートとして狙われているのは、緒川と渡利の二人じゃない。渡利一人なのだ。それを緒川は宣告したいのだ。だから緒川は余裕でいられたのだ。

――馬渡捜査一課長は真実や真犯人が欲しいんじゃない、結果が欲しいだけなんだ。

安堂の言葉がよみがえる。

緒川は笑っている――いや、あざ笑っている。犯人に仕立て上げられ堕ちてゆく人間を突き放し、嘲笑している。

「木曽根銅慈は、いつから知っている？」

取調べで優しくなだめるときの口調で緒川が言う。口の端に笑みを残したまま。

渡利の体に戦慄が走る。渡利は答えられなかった。

緒川は高らかに笑い飛ばし、歩き出す。渡利を追い抜いて一人、愛甲電機システムズへ向かってゆく。

雨粒が次第に大きくなり、雨音が辺りに響いてゆく。

立ち尽くす渡利は肩を誰かに叩かれた。気がつくとスーツにコート姿の男が二人、渡利を挟んで立っていた。左にはスーツより学ランが似合いそうな男がいる。口をへの字に曲げ、学生たちを睥睨する応援団長だ。右は髪をオールバックにした色白の男、目が大きく頬がこけた顔で、ニワトリを連想する。

「渡利君。話がある」

右のニワトリ男が耳打ちをするように言うと、有無を言わさぬ調子で肩を持ったまま連れてゆかれる。黒い車の後部座席に押し込まれ、二人の男に挟まれた。車内は芳香剤のにおいがきつかった。車は動きだす。男三人で座るには後部座席は狭い。

右に座ったニワトリ男が自分の手の爪をいじりながら問う。

「君は木曽根銅慈をいつから知っているんだ？」

「今回の事件で初めて知りました」

「そんなはずはない」

内心ぎくりとしたが何とか表情に出さずに済んだ。

「我々の調べでは、君は木曽根銅慈を二年前から知っている」

「違います」

「息子の総司が傷害事件を起こしたとき、君の勝手な判断で、事実をもみ消したそうじゃないか」

渡利は驚いた。そんな事実などない。総司が傷害事件を起こしたことすら知らなかった。

「それは何かの間違いです」

「見返りに木曽根銅慈から、五十万円を受け取った。その後君は、木曽根銅慈を三浦代議士に紹介しており、紹介料として二十万円を木曽根銅慈から受け取った」

何がおかしいのか軽く笑いながら軽やかに言う。

「そんな事実はありません！」

食ってかかるが、男は意に介さず続ける。

「それ以降も、木曽根銅慈のゴルフに立ち会い、そのたびに、二十万から三十万の金を君は受け取っている」

「そんなことはしていません」

「ある日、木曽根銅慈は、献金をやめると言い出し、金をばら撒いていた事実を公表すると言い出した。君は焦っただろうねぇ」

「話になりません」

事実無根。勝手に作り上げたおとぎ話である。

「認めないのか?」

「認めるも何も、勝手な作り話じゃないですか！　私はそんなことしていません！」

男は渡利の肩を抱き、顔を近づけてくる。薄目で渡利を舐めるように見る。男の口は渡利の頬のそばにある。男の口臭はにんにく臭い。渡利は顔をしかめてそらす。

「認めないと大変なことになるぞ」

ニワトリ男がそう言うと車が止まり、渡利は歩道に放り出された。国道二四六号線の歩道だった。

「自首はいつでもいいぞ」

男が言い捨てて、車は発進した。今の男たちはいったい誰だろうか。警務課の人間か、それとも公安か。

あのニワトリ男は、さっき聞かせたことを渡利が認めて渡利が刑に服するとは思っていないだろう。取調べでは否定し続け裁判でも否認する。だとしたら相手はどう出るか。渡利を殺してでも犯人を作り上げるのではないか。自殺として被疑者死亡で片付けるのではないか。このままではいけない。敵は渡利を貶《おとし》めようと動きだしている。歯車が狂った方向で回り始めている。

上の指示に従っている場合ではない、何か動きださなくては。何かを見つけなくては。

挑発して渡利が何か愚を犯すのを待っているのかもしれない。少なくとも勝手に動けば、命令の無視という格好の追及ネタを与えることになる。

だが、何か答えを出さないことには助かる道はない。

ここから現場は割と近い。雨を屋根付きのバス停で避け、携帯電話で安堂を呼び出す。

「おう、なんだ？」

こちらの状態など知らないのだろう。軽い言葉だった。

「木曽根の家の設計図。誰か調べてただろ。誰だったか覚えてないか？」

「ああ、あれか。あれはたしか橋爪と、あと誰だったか県警の野郎だ」

「そうか、ありがとう」

渡利は通話を切り、タクシーを拾う。手帳を取り出して、そこに書いてある木曽根邸の住所を告げる。

今度は橋爪に電話をかける。

「んー」眠たげな声だ。

「聞きたいことがある」

しばらく間があって「なんだ」と聞いてきた。

「木曽根の家の設計図だよ。橋爪、調べてただろ？」

「まあな」

「設計図見たか？」

「見たよ」

「現場の家なんだけど、地下室以外に秘密の部屋はあったか？」

「ないよ」

「通路でもいいんだ。秘密の抜け穴みたいのはなかったか？」

「ないよー、そんなもの」

橋爪は笑う。笑ったあとに「漫画じゃないんだから」。

渡利は食い下がった。

「設計図に載ってない秘密の部屋とか通路とかが、あるかどうか聞いたか？」

「そういう聞き方はしてないけど……」

「聞いてないんなら聞いてくれ。建設の施工会社にも」

「えーっ、やだよ。施工会社知らないし、やることあるし」

「頼む。調べてくれ。急がないといけないんだ」

「絶対やだ」にべもなく橋爪は断る。

「この間、手柄ゆずっただろ」

渡利は、以前管轄内で起きた、包丁で児童に切りかかる児童連続傷害事件の捜査をしているとき、ひょんなことから犯人のヤサを探り当てたことがある。そのとき手柄が欲しがっていた橋爪に発見の手柄を譲った。なんども「ゆずってくれ。ゆずってくれ」とうるさかったのでしかたなく譲った手柄であるが、渡利はその見返りをいつかもらってやろうと思っていた。今がその時だ。

「ゆずった？」

「この間の児童連続傷害事件だよ」

「あ〜」

気の抜けたような返答をしてくる。「どうしようかなぁ」とも言う。

「大事な点なんだ。これで事件が見えてくるはずだ」

確証はないが力を込めてそう言った。

しばらく間が空いたあと、「仕方ないなあ。今日中には分からないかもしれないぞ」。

「頼む。なるべく急いでくれ」

窓の外を見ると、雨がみぞれに変わっている。大粒の湿った雪が、タクシーのフロントガラスにベシャベシャと当たる。一瞬、その雪が血しぶきに見えた。

木曽根邸の門のところには、報道関係者と思われる人間が何人かいて、現場の様子を映していた。渡利は少し離れたところでタクシーを降り、走って現場に向かう。門で現場を見張っている制服警官に警察手帳を見せて門を潜り抜ける。記者が駆け寄ってきたが、何か聞かれる前に中に入れた。渡利は手袋をはめて現場の家に入る。

まっすぐ地下室のレバーがあるところに向かい、地下室の扉を開けて、中に入る。電気が消えていた。入り口付近にスイッチがあったので、電気をつけて中に入る。

床の血文字はまだ当時のままそこにある。血文字を踏まないようにまたぎ、地下室の中央付近に立つ。シンプルな部屋だ。秘密の通路があるようには見えない。天井を見上げる。中央に裸の電球がある。奥のほうに小さな孔があることに気づいた。握りこぶしがやっと入るくらいの孔だ。孔の下に立って見上げるが、中は暗くて見えない。上の部屋に向かってまっすぐ伸びているわけではなさそうだ。さすがにここから出入りは無理だし、この孔を使って奏子をめった刺しにしたり、首を切り落としたりすることはできない。

天井はコンクリートむき出しで境目はなく、秘密の通路はないと分かる。北側と南側に棚があり、東側はコンクリートの壁一色。西側には地上に上がる階段がある。念のため東側の壁を叩いてみるが、反響音などは一切聞こえないので、向こうには空洞がないと分かる。西側も同様だった。階段の下あたりなどは死角になって、秘密の通路を作るならここだろうと念を入れて調べたが、なんのとっかかりもない。さらに床も同じ結果だった。

南側の壁には壁一面を覆う大きな棚がある。棚には側板がついていないため、背面の壁が見える。棚に載っている釣り道具を床に下ろす。海釣り用の、しかも大物狙いの道具らしく、仕掛けがどれも大きい。山積みになっている釣具を下ろして、壁を調べてみたが、何もおかしなところは見つからなかった。釣り道具を戻して北側の棚に行く。こちらの棚も南側同様に壁一面の棚があり、背面の壁が見えている。こちらの壁にはエアコンの送風口が壁に埋まっている。エアコンの下には、高さ二メートルくらいのベニヤ板が立てかけてある。もしやと思って、棚を力任せに動かす。体が入るくらいのスペースを背面に空けて、ベニヤ板をどかしてみる。板の後ろはエアコンの本体だった。エアコンは偽装かと思っていろんな所に手をかけてこじ開けようとするがびくともしない。どうやら秘密の通路はないようだ。棚を元に戻して、渡利は立ち尽くす。

秘密の通路などない。橋爪には無駄足を踏ませてしまった。

しばらく頭の整理がつかなかった。次に何をすればいいのか分からなかった。

座り込んで深呼吸をしてみる。事件を頭から振り返ってみる。今まで調べた人物の中に犯人がいるとしたら、阿部のような気がしてならない。だが、どうやって阿部が奏子を殺したのかが分からない。ＣＤを取っただけで人をめった刺しにできるものか。

渡利はため息を吐き出して立ち上がる。地下室を出た。刑事一人の力は無力だ。警察の組織力の前には敵《かな》わない。渡利は、個人で動くむなしさを感じていた。

木曽根邸を出て坂道を下りながら、奏子殺しに的を絞って考えてみる。動機を考えると遺産を受け取る奈津子が容疑者の筆頭に挙がる。見た印象で犯人像にふさわしいのは刑事に傲岸不遜な態度を見せた総司である。奏子の交友関係は狭くて浅い。家族以外に犯人がいるとは考えにくい。奈津子か総司に的を絞って調査しようと決めた。総司これまでに見受けられる二人の印象は、奈津子はおとなしく引きこもりタイプ。総司はよく言えば活動的、悪く言えば粗暴で無遠慮。犯人は「あの人に限って」というパターンもあるが、二人のどちらが犯人像として当てはまるかといえば、総司である。

だが、総司にはアリバイがある。手帳を取り出して確認してみる。大学の友人とともにゲームセンターに行き、演劇鑑賞、劇団員の打ち上げに参加。その後、飲み屋をはしごしたあと、旅館に泊まった。友人、劇団、旅館の名前と連絡先も手帳には書いてある。

総司のアリバイ確認から始めよう。渡利は携帯電話を取り出して、友人、劇団、旅館の順にかけて、アポイントメントを取った。

＊

聞き込みの結果、総司は大学の友人と、午後十時まで常に一緒に行動していた。友人は総司とともにゲームセンターに行き、演劇鑑賞、劇団の打ち上げに参加、飲み屋のはしごをしている。途中で抜け出すようなことはなかったと証言した。劇団員にも聞いたが、打ち上げの途中で総司が席を外すようなことはなかったと言った。奏子殺しができるのは、友達と別れた午後十時から十二時までの間である。総司が泊まった旅館は町田市にあった。演劇鑑賞と劇団の打ち上げは下北沢であったのだが、飲み屋を渡り歩いて、だんだんと南下していったようで、最後に落ち着いたのが町田市という話だった。その日は、夜中まで友人と過ごすはずだったが、総司の気分が悪くなって、総司だけが旅館に泊まることになったという。

町田市は神奈川県の隣。旅館から現場までは、車で三〇分もあれば着く。旅館を十一時三十分までに抜け出せれば犯行は可能だ。

旅館は日本家屋を改造したような外観で割と大きい。渡利は引き戸の入り口から入る。

「いらっしゃいませ」と顔の丸い女中らしき前掛けをつけた女が笑顔で声をかけてくる。

「昼ごろに電話を入れた渡利と申しますが」

「はい。渡利さんですね。お待ちしておりました。こちらへどうぞ」

女中がいざなうままに靴を脱いで靴箱に入れ、靴箱の鍵を女中に渡す。

そのまま、奥のほうに連れて行こうとするのを渡利は止めた。慌てて警察手帳を取り出して見せる。

「ちょっと待ってください。ここへ来たのは木曽根総司という人物についてお聞きしたいことがあるからです。ここのチェックイン名簿を見せてもらいたいのですが」

「かしこまりました」

高い声でそう言って女中はカウンターのほうに入ってゆく。奏子殺害日の午後十時八分のところに木曽根総司の名前があった。次の日の午前九時二十五分にチェックアウトしている。泊まったのは「白鷺の間」だった。たしかに総司はここに泊まっていた。

「質問ですが。カウンターにはいつも人がいますか?」

「はい。常に一人はいることになっています」

「カウンターが空になる瞬間はないのですね」

「はい。ございません」

渡利は名簿の木曽根総司の名前を指す。

「この時間帯にカウンターにいた人は誰ですか?」

女中は「ええと」としばし考えたあと、大仰に手を叩いた。

「そういえば私です」

「そうでしたか。その日を思い出して欲しいのですが、木曽根総司が旅館を出て行ったかどうか見ていませんか」

「この前にも別の刑事さんから聞かれたのですけど、あのー、内緒にしておいて欲しいんですけど……」声を潜めて言って女中は前掛けのポケットから手帳を取り出す。

「実は、私、外出された方のお名前をこっそりメモしているんですよ。うちの宿、以前、お客様に逃げられたことがありましてね。ウチは料金前払いなんですけれども、逃げられると、部屋にいろいろ置いたままのものがあったりして後始末に困るんですよ。あとで何かやっかいなことになっては困りますから。それで、外出されたお客様の顔と名前と時間を覚えておけって支配人に言われているんです。でもメモは取るなって、頭で覚えていろって。でも、私、できなくてすぐ忘れてしまうので、本当はこんなことしてはいけないのですけど、メモに書いています」

女中は手帳をぱらぱらとめくって、該当のページを開いてみせる。時刻と名前が並んでいる。ほかにも仕事関連のことだろう、いろいろメモを取っていた。

「この日に出入りした方は、こちらの方々です。木曽根総司様は、出ていないようですね。この日の私の当番は、午後十二時までですので、木曽根様はきっとお部屋に入ったまま、お休みになったのだと思うのですが……」

「なるほど分かりました。そしたら次は、木曽根総司の泊まった『白鷺の間』を見せて欲しいのですが……」

「はい。かしこまりました」

女中は名簿をしまうと、笑顔で奥へいざなう。渡利はフローリングの床を踏みしめついてゆく。窓のない廊下を二度曲がって、「白鷺の間」にたどり着いた。女中が部屋の戸を開ける。

「どうぞ、ごゆっくり」

女中はそう言い残して去ってゆく。渡利は部屋に入った。八畳ほどの床の間付きの和室があり、左奥に六畳ほどのこちらは絨毯が敷いてあってソファが置いてある部屋がある。正面奥は二間続きの縁側になっていてフローリングだ。

渡利は縁側に立って窓の外を眺める。どうやら中庭に面しているようだ。枯山水風の庭を建物の壁が取り囲んでいる。窓から旅館の外に出ることは無理のようだ。

玄関からは出ていない。窓からも出ていない。となると、総司のアリバイは鉄壁だ。

渡利は落胆した。次は奈津子か。

ふと、人の気配を感じた気がして振り返るが誰もいない。ニワトリ男のねっとりとした視線を感じたような気がして、身震いが起きた。

意気消沈して、渡利は旅館をあとにした。

その夜の会議では、凶器の包丁には指紋が一切なかったことが発表された。拭き取った跡もない。新品を調達して、手袋をはめて使用した可能性が高い。購入先を探して、近くのスーパーなどに聞き込みをした結果、刃物の販売履歴をつけているところがあり、そこで同じ型の包丁が二ヶ月前に販売されていたことが分かった。このスーパーでは、近年発生した刃物による児童連続傷害事件以来、自主的に刃物の販売記録をつけているのだが、肝心の「どんな人物が購入したか」の欄が空白だった。店員に聞き込みをしても誰も覚えていなかった。話には出なかったが、きっと渡利の顔写真も店員に見せていたことだろう。

橋爪の報告はなかった。渡利は聞く気にもなれなかった。

これらの報告を渡利は一番後ろの席で聞いていた。報告の内容よりも、前のほうに座る刑事たちの視線が気になって落ち着いて聞いていられなかった。会議が終わると渡利は一番に署を出て悄然《しょうぜん》とした気持ちで帰宅した。

＊

十日目。思えば昨晩の会議で今日の役割分担を馬渡捜査一課長が告げたが、聞き逃してしまった。渡利は署に来たものの、講堂の中に入ってすぐのところで立ち尽くす。

緒川について行くべきかどうか迷った。安堂が不思議そうに渡利を見て出かけてゆく。

橋爪はわざと視線をそらすようにして出て行った。

緒川が目の前を通り過ぎようとしたとき、横から突然胸倉を掴まれた。

「ちょっと顔かせや」

そのドスの効いた声は北島だった。体格のいい北島の前に立つと、自分が貧弱な人間に思えてしまう。これでも柔道は二段で、時間のあるときには体を鍛えているはずなのだが。

北島は荒々しく渡利を引っ張って行く。渡利はされるがまま、足をもつれさせながら連れて行かれる。緒川は渡利に一瞥もくれずに出て行った。

署の外に出された。今日も湿った雪が降っている。顔や首筋に当たる雪が不快だ。このままこのように強い力で揉まれて消えてゆく運命なのだろうか。

北島は車の助手席に渡利を放り込み、運転席に座って、車を出す。車を走らせてしばらくしたら、北島はなぜか豪快に笑った。渡利はびっくりして思わず北島の顔を覗き込む。

「悪かったな。お前を疑うストーリーが出ていたので、協力する申し出がやりにくかった。俺とても自分の身がかわいいからな」

「協力……ですか？」

「ああ、いいもの見せてやる」

ありもしない罪状を追及されると思っていたので拍子抜けした。しばらく車を進めたのち、渡利は「いいものってなんですか?」と聞いたが、北島は笑って「まあ、待て」と教えてくれなかった。

着いた場所は、木曽根邸だった。北島は、離れの家に入ってゆく。地下室を開け、中の電気をつける。北島は地下室の入り口の「蓋」の裏側にあたる部分を指差して「見ろ」と言った。指差した先は蓋の端の部分。そこには細くて黒いゴムがぐるりと張り巡らしてある。

「パッキンでしょうか?」渡利は問う。

「ああ、そうだろう。この蓋を閉めると、入り口はぴったり閉じるようになる。冷蔵庫の扉のようにな」

「それでは、ここに隠れたら息ができなくなってしまうんではないですか?」

的外れな質問だと思ったが、北島は意に介さず「そのあたりの配慮はしてあるようだ」。

北島は次に階段を降り、地下室の奥に連れて行き、天井を指差す。

「ここに地上と通じる孔がある」

孔は昨日見たとおり、握りこぶしがやっと通るくらいの大きさで、暗く、地上に通じているようには見えない。

北島は、床に落ちているボタンを取り上げる。北島が着ているコートについているボタンと同じだ。見ると、コートのボタンは一つなくなっている。自分のを外したのか。昨日渡利が来たあとに、北島もここに来たようだ。

「これを上のキッチンにある排水口から投げ入れた。そうしたらここに落ちてきたというわけだ」

孔はまっすぐではなく途中で曲がって通じているのか。あのキッチンにあった排水口は、実は空気孔だったということか。

「来い」

今度は北側の棚に連れて行く。棚の左側にワインが並んでいて、その隣にスーツケースが二つ横倒しになって置いてある。北島はスーツケースの後ろの壁を指差す。奥の壁がむき出しで見える。壁の一部に高さ二メートルくらいのベニヤ板が立てかけてあり、その上部にエアコンの吹き出し口のようなものが見えている。

「これがなんだか分かるか？」北島が試験官のような調子で問う。

「エアコンに見えますが」

「そうだろう。普通はエアコンだと考える」

「もしかして違うんですか？」

「見せてやろう」

北島はそう言うと、棚を力任せにずらす。一人がやっと入れるくらいのスペースを棚の後ろに確保して、北島はベニヤ板をどかす。北島は手袋をつけていない。渡利の視線を察知してか「鑑識が調べつくしたあとだ」と北島は言う。

ベニヤ板をどかしても、そこに見えたのは大きなエアコンとしか見えなかった。だが言われてみれば、この部屋を暖めたり冷やしたりするには大きすぎるような気がした。二メートルはあるベニヤ板の上から吹き出し口は出ていて、本体は床まである。「これがコントローラーだ」と言って、本体の左側の真ん中あたり、一〇センチ四方くらいの黒い蓋を開ける。「ここも指紋は取ってある」と言いながら北島は電源ボタンを押す。

温度表示を見て、渡利はアッと思わず言った。

温度表示はマイナス二〇度。しばらく待っていると送風口から冷たい風が出てくる。驚いている渡利を見て北島は笑みを漏らす。「入り口は冷蔵庫のようにぴったり閉じる。空気孔は、さっき見せた排水口に繋がるひとつしかない。さらに言うと、こいつにはタイマー機能がある。俺が言いたいことが分かるな」

分かる。渡利は、元気よく「はい」と答えていた。「分かります。ここは人が暮らす部屋として設計されていない。冷蔵庫、あるいは冷凍庫として設計されているんだ。

犯人はこれを使ったんです。犯行後、タイマー機能を使って死体を冷やし、腐敗の進行を遅らせた。それで死亡推定時間がずれたんだ」

北島は、笑顔で渡利の腕を強く叩く。少し痛かった。

「お前が見つけたことにしていいぞ。嫌疑を晴らせ」

「いいんですか？」

「ああ、自分の道は自分で作れ」

「ありがとうございます」

北島は電源をオフにして、血文字のところに行く。「あとは、コントローラーから誰の指紋が出るかだ。それと、この文字の意味を説明せねばならん。この血文字の意味だけが分からない。なんのために遺したのか。なぜこの言葉なのか」

そこにはナマエ、ツギ、コウチャと書かれている。渡利は隣に並んで考えた。しばらく二人で唸っていたが、答えは出てこなかった。北島が、先に出ると言って出ていってからも渡利はそこに居続けて一人で考えたが、何も思いつかない。なんの意味があるというのか。なぜこんな遺し方をしたのだろうか。

結局何も思いつかずに、渡利は地下室を出た。

玄関を出たところで、母屋に向かう阿部の背中が見えた。渡利が呼び止めると、阿部は振り返った。

「なんでしょう」

「今日はこちらで何を？」

「電話の留守電を確認に来ました。石居に確認したところ、最近、チェックをしていないとのことでして、おそらく溜まっているのではないかと思いましてね」

「そうですか。ひとつ確認したいことがあるのですが、阿部さんは離れの家に地下室があることは知っていましたか？」

「ええ、知っていたのですが、刑事さんから話を聞くまですっかり忘れていたのですよ。最近はぜんぜん地下室に入っていないので」

捜査方針で地下室についてはマスコミに公表する前に、関係者に話して反応を見ることになっていた。阿部に聴取した刑事は「知っていたが忘れていた」と答えたと言っていたはずだった。だから今の発言の整合性はある。

「地下室という特殊な場所を忘れるなんてことがあるでしょうか」

「はあ、そう言われてしまうのは仕方ありませんが、本当に忘れていたのですよ」

これは嘘である可能性が高い。地下室の存在などそう簡単に忘れるものではなかろう。

「そうですか。では、地下室の中に、エアコンのようなものがあるのは覚えていますか？」

「ああ、そういえば、そういうものがありましたね」

「最後にそれを触ったのはいつですか？」

阿部は腕を組んで考え込む。「さあ、最近のような気がしますし、ずっと前のような気がしますし、よく覚えていないのですよ」

なんだか怪しい返答だ。

渡利は奏子が遺した血文字について聞くかどうか迷った。言葉に詰まっていると、阿部がおもむろに「やっぱり『英語クラブ』の人を中心に調べているのですか？」

「ん？『英語クラブ』の人間が怪しいと阿部さんは考えているのですか？」。

「ええ、まあ」

「それはなぜ？」

「なんとなくの勘です。奏子さんは、よく英語で歌を歌っていました。『ドレミの歌』をよく歌ってましたね。それで奏子さんは『英語クラブ』に対する思い入れが深いのかなと思ったものですから。思い入れの深いところには、深い人間関係が生まれるものですからね」

「そうですか」

礼を言って、阿部と別れた。阿部はまっすぐ母屋に行き、玄関から中に入る。渡利は阿部の犯人説が成り立たないか考え始めていた。阿部は嘘を言っている可能性が高い。地下室には最近入ったのではないか。嘘をつくのは奏子殺しをしたからではないのか。

門を出て、坂を歩いて下ってゆく。

坂を下りきって、交差点で赤信号を待っているとき、渡利は「英語クラブ」について考えていた。「英語クラブ」は仲良し同士の集まりだから殺意など生まれない、などという先入観がなかっただろうか。阿部犯人説を考える前に「英語クラブ」をもっと調べるべきかもしれない。そう思ったときだった。

急にひらめきが起こった。

――そうだ「ドレミの歌」だ！

阿部の言っていた「ドレミの歌」が血文字の答えだと分かった。渡利は急いで手帳を取り出しめくる。「英語クラブ」のメンバーを記した箇所を探した。あった。会議で出た「英語クラブ」のメンバーに関するメモをちゃんと取っていた。集合場所は、メンバーの一人の住まいだった。信号が青になり渡利は走った、全力で駆けていった。

＊

夜九時の会議まで、何度も考えを反芻した結果、間違いはないだろうという結論に達した。九時になって捜査員がすべて揃い、馬渡捜査一課長が会議の開始を告げる。今日の報告を各員が挙げる。目ぼしい成果はない。

ひと通り報告が終わって、馬渡捜査一課長が「ほかに何かある者はいるか」と一同を見回したとき、最前列に座っている北島が振り返り、渡利を見てあごをしゃくって「言え」と伝える。渡利は手を挙げて立ち上がった。

「今日、現場に行って分かったことがあります」

「なんだ」馬渡捜査一課長が低い声で言う。

「鍵がすべて内側からかかっていた件の答え、木曽根銅慈と奏子の殺害方法、そして血文字の答えです」

「ほう」

馬渡捜査一課長が目を細める。彼は渡利を疑っている。嘘の報告をするのではないかと考えているに違いない。そう悟ったが、言わなければならない。

「まず、鍵がすべて内側からかかっていた件ですが、これは阿部による工作であると考えます。阿部は、警察が現場に着いてからドアを壊した。これはちょっと不自然だと考えます。普通、家の中で人が血を流して倒れているのを発見したら、一刻も早く中に入ろうとするでしょう。なのに阿部は警察が来てからドアを壊した。これは、現場がすべて内側から鍵がかかっているということを、警察に示したかったからなのではないでしょうか。それは捜査を混乱させるため。実際に、捜査員は二人、合鍵を探す役に就いてそれ以外の捜査ができなかった。では阿部がどうやって玄関の鍵を内側からかけたのかといいますと、私は、趣味の部屋の窓が実は開いていたと考えます。ドアを破って突入したあと、阿部の姿が見えなくなった瞬間がありました。そのとき阿部は廊下から現れた。我々が被害者に気を取られている間に、趣味の部屋にある窓の鍵を閉めに行ったのだと思います。逃走経路は玄関ではなく、趣味の部屋の窓だというのが結論です」

「ふむ」

馬渡捜査一課長は腕を組んで考える。しばらくの空白の時間が生まれた。

不意に安堂が立ち上がり「たしかに阿部は突入後、一度姿が見えなくなりました。それに言われてみれば、我々が現場に着いてから玄関を破壊するのはおかしいと思います」と告げた。馬渡捜査一課長は、これには素直に「そうか」と返事をする。

「だとしたら阿部が怪しいのだな？　奏子殺しは阿部の仕業と考えているのだな？」

馬渡捜査一課長の問いに渡利は「はい」と答える。北島を見ると頷いた。

「次に奏子殺しですが、これは死亡推定時間をずらすことによって捜査を混乱させた、あるいはアリバイ工作をしたと考えます。現場の地下室には、冷凍装置というべき冷却機がありました。実際に操作してみると、マイナス二〇度を示しました。阿部はこれを使って死体を冷やし、腐敗の進行を遅らせたのではないかと考えます。鑑識の出した死亡推定時間は、この冷却の過程を考えずに算出したものではないでしょうか。現場だとすると、本当の死亡推定時間は、もっと過去にさかのぼることになります。現場には、地下室以外に秘密の通路や秘密の部屋はないと考えられ、また、現場には刑事が張りついて見張っていましたので、奏子の殺害時刻は、木曽根銅慈の殺害時刻とさほど変わらないのではないかと考えます。だとすると、木曽根銅慈殺害時刻にアリバイのない阿部は、犯行が可能となります」

「ふむ」

馬渡捜査一課長は再び腕を組んで考える。すると前のほうに座っている北島が「私も、表示マイナス二〇度を確認しています。地下室は、間違いなく冷凍庫ですね」と補足してくれた。渡利は、心の中で北島に感謝を述べた。

ふいに橋爪が立ち上がった。

「現場の設計図なんですけどぉ。設計会社に行って地下室のことを聞いたときなんですがぁ。ほかに秘密の通路とか秘密の部屋とかはないと言ったんですけど、そのときに地下室の用途について話がありまして、なんでも地下室ははじめ冷凍庫として使うために作ったらしいんです。当時、木曽根銅慈は趣味で釣りをしていたんですけどぉ、なんでも魚拓じゃなくって現物で保管したいみたいなことを言われて、それで地下室を冷凍庫になるように作ったらしいんですよ」

馬渡捜査一課長が唸って考え込むと、橋爪は「建設会社にも行って確認してきました」と付け加えた。橋爪は動いてくれていた。渡利は、橋爪の肥えた背中に向かって心の中で礼を言った。

「なるほどな」馬渡捜査一課長がつぶやく。渡利犯人説が揺らいでいることを願った。馬渡捜査一課長は腕を解くと「では、血文字はどう考える？」。

渡利は答えた。

「はい。ナマエ、ツギ、コウチャ。この三つの言葉は『ドレミの歌』を考えれば、説明がつきます。ドレミの歌を日本語ではなく、英語の歌詞で考えます。そうすると、ナマエ、ツギ、コウチャが歌詞の中に出てきます。まずナマエですが『ミ』の音の歌詞にナマエが出てきます。Me, a name I call myselfです。nameがナマエに当たります。ツギですが『ラ』の音の歌詞に出てきます。La, a note to follow Soです。『ラ』は『ソ』の次という意味の歌詞です。最後にコウチャですが『シ』の音の歌詞に出てきます。Tea, a drink with jam and breadです。言うまでもなくTeaがコウチャを意味します」

「それでは、ミ、ラ、シとなって意味を成さないではないか」

「はい。ドレミで考えると意味がありません。この音は英文字で考えます。ド、レ、ミ、ファ、ソ、ラ、シは、英文字で表記すると、C、D、E、F、G、A、Bとなります。この中でミ、ラ、シに当たるのは、E、A、Bです。並べ替えるとA、B、E。つまり……」

「阿部か！」

馬渡捜査一課長は目を見開き、身を乗り出す。

「はい。そうです」

「いや、待てよ。死の間際にそこまで考えが及ぶだろうか」

「おそらくですが、奏子は普段から、この謎解きを考えていたのではないでしょうか。今日『英語クラブ』のメンバーに聞き込みをしたところ、月に一度は英語の歌を学ぶ日に当てていて『ドレミの歌』を過去に勉強しているという証言を出ました。さらに奏子は、この『ドレミの歌』が気に入っていてよく歌っていたとの証言も出ました。奏子は、阿部を表現するのに、ナマエ、ツギ、コウチャという謎かけを考えていたのではないかと思います。そして襲われたとき、これを思い出して血文字を書いた。阿部が近くにいて、名前を直接書いたら消されると判断したのではないかと考えられます」

馬渡捜査一課長は三度目の唸り声を上げる。今度は長かった。渡利は続ける。

「阿部は、木曽根銅慈と奏子の二人を地下室に呼んだ。最初に奏子を刺す。奏子は倒れ、木曽根銅慈は階上に逃げる。一階の居間で阿部は追いつき、後ろから木曽根銅慈を刺す。木曽根銅慈を刺したときに血が絨毯についたので、はじめ二人とも冷凍工作をするつもりだったのだが、奏子だけにすることにした。地下室に下りてみると、奏子はまだ生きていて、血文字を書いていた。そこで阿部は奏子に止めを刺した。こう考えられます」

馬渡捜査一課長は黙って考え込む。捜査員たちは結論を黙って待った。やがて馬渡捜査一課長は顔を上げる。

前のほうにいる県警の刑事に「英語クラブ」の英語の歌について聞く。返答はすぐに出た。「英語クラブ」の会員に聞き込みをした刑事が、渡利の聞き込みの結果を裏付ける証言をすでに得ていた。

馬渡捜査一課長は携帯電話を取り出し、どこかにかける。奏子の死亡推定時間に、冷凍されている可能性を考慮しているかを聞いている。相手は鑑識だろう。しばらくして彼の口元が緩む。どうやら考慮されていないようだ。マイナス二〇度で保存されている場合の死亡推定時間を出すように指示して、さらに冷却機のコントローラーについていた指紋の照合結果を大至急あげるよう言った。

馬渡捜査一課長は椅子に座り、腕を組んで目を閉じる。渡利も座って結果を待った。壁にかけている時計の秒針の音がかすかに聞こえる。じっと待つうち、渡利はだんだん不安になった。まさか冷却機のコントローラーから渡利の指紋が出るなんてオチじゃないだろうかという考えがよぎって頭から離れなかった。

馬渡捜査一課長の携帯電話が鳴った。全員が馬渡捜査一課長に注目する。渡利の心臓の鼓動が速くなる。馬渡捜査一課長が電話に出た。何度か頷いたあと「分かった」と言って電話を切る。

馬渡捜査一課長が立ち上がった。

「奏子の死亡推定日は、木曽根銅慈と同一日。コントローラーから出た指紋は一種類。阿部康高のものだ」そして彼は会議室中に響く声で宣言する。「明日、阿部を引っ張る!」

明日、阿部のところに向かうのは県警の刑事が担当することになり、本厚木署の刑事は指示あるまで署で待機となった。

＊

十一日目。朝から晴れ渡っている。昨日の雲は、どこかに流れて行き、空の高いところに小さな雲が点在するだけの空の広い日になった。

渡利は早めに出勤して署の二階にある刑事課の自分の席に座り、阿部確保の報告があがってくるのを待った。だが、八時になっても、九時を回っても、何も報告があがってこない。隣の安堂がいらいらと足をゆすっている。署の人間を無視して県警だけで進めているのかと疑い始めたころ、佐々木が部屋に飛び込んできた。

「全員、出動だ！」佐々木は入るなりそう言う。一同はいっせいに立ち上がる。

「何があったんすか？」コートを羽織りながら安堂が問う。

「阿部が消えた！」

詳しく聞くと、昨晩、阿部は棚卸の仕事に出ていた。朝の七時二十分に事務所を出て帰宅したのだが、刑事たちが待ち伏せしているアパートには姿を現さなかった。職場の人間に聞いてみても、今日阿部がどこかに行くという話はあがっていなかった。それどころか「今日は眠いので、早く帰って寝たい」と阿部が言っていたと、一緒に棚卸をした社員が証言している。阿部のアパートは職場から歩いて一五分くらいのところ。九時になって帰宅に二時間近くかかるのはおかしいと考え、アパートの管理人に事情を説明して阿部の部屋の鍵を開けさせ、中にいないことを確認したのち、全員に出動をかけた。刑事たちが張り込みをしているのが、ばれたのかもしれない。今頃、現場の刑事たちは職場で待ち伏せしておくべきだったと悔やんでいるに違いない。

渡利はジャンパーを着る。佐々木が手際よく分担を決める。渡利は安堂と一緒に本厚木駅で駅員と通行人に阿部を見ていないか聞くことになった。

「よっしゃあ！」

安堂が気合の声を上げる。橋爪が眠そうに目をこすりながら出てゆく。横田がコートを肩にかついで気だるそうに出てゆく。渡利は安堂を追いかけて署を出た。

駅に向かう途中、早足で歩く安堂に後ろから声をかけてみる。

「なあ」

「ん？」

顔をこちらにちらりと向けるが、安堂の歩みはそのままだ。

「本当に阿部だろうか」

昨晩から考えていたことだった。阿部は犯人ではないかもしれない、と。阿部は終始冷静に振る舞っている。死体を目の前にしてもそうだった。そんな人間が犯行の痕跡を残すだろうか。現場に阿部の指紋があるのは、以前から地下室を使っていた、ただそれだけの理由なのではないか。ナマエ、ツギ、コウチャは実は阿部を示してはいなくて、たとえば、頭文字だけをつなげて読んでナツコという意味なのではないか。スケープゴートにされたくない一心で作り出した、偽りの犯人像なのではないか。それらのことを手早く話してみる。

「またか。お前はいつもそうだ」

たしかに、いつも容疑者が固まってから、あるいは犯人を逮捕してから「本当に犯人だろうか」と悩むときが多い。今までの経験から、悩んだときは口に出してみるのが気持ちの整理をつける上でもいいと分かっているから言ってみたのだが。

「だけど、今回はいつもと違うような気がする」

「いい心がけだけどよ。今回は気にしなくていいんじゃねえの？」

「なんでだよ」

「普通、逃げるか？　犯人でもない奴が」

たしかに今日の阿部の行動はおかしい。「早く寝たい」と言っている人間が帰宅を二時間以上も遅らせるだろうか。刑事を見つけて逃亡したと考えるほうが、説得力がある。

本厚木駅に着いた。今日も人の出入りが多い。まずは駅員のいるところへ向かう。阿部を捕まえれば真意は分かるだろう。迷いは捨てて、阿部を探すことに集中しようと決めた。

午後六時半ごろだった。今朝、阿部を見かけたという男に行き当たった。安堂が見つけた。彼が朝、本厚木駅に向かっていると、彼が落とした財布を阿部が拾って、走って追いかけて届けてくれた。阿部の顔写真を見せると「この人に間違いありません」と彼は言った。財布を届けてくれたあと、阿部がどっちに向かったかまでは見ていないという。

このことを夜の会議で、安堂は意気揚々と報告する。収穫をあげたのは安堂だけだった。宮弧さと美の住むアパートにも捜査員は向かったが、もぬけの殻だった。こちらも管理人に事情を話して中を見た。宮弧さと美は、以前の宣言どおりアメリカに渡ったようだ。

この夜、阿部は二十一時四十五分事務所集合で棚卸に向かう予定になっているが、時間になっても現れなかった。阿部は今まで二年間、無遅刻無欠勤で、こんなことは初めてだという話だった。やはり逃げたと見て間違いはない。

さらに、鑑識の報告で、地下室に落ちていた頭髪から血液型がB型であると分かっている。阿部の血液型はB型だ。また、これまでの捜査で、阿部はここ二ヶ月くらい、秘書業をやる火曜日と水曜日以外にも、現場である離れの家に現れることが多かったと分かっている。家政婦の小島の証言だ。

小島は、昼前後は玄関周りの掃除を担当していて、その時間帯に阿部が現れる日が多かったと言っている。以前は、火曜日と水曜日にしか姿を現さなかったのにだ。凶器の包丁が買われたのは二ヶ月前。阿部が頻繁に現場に出没するようになったのも二ヶ月前。阿部は木曽根銅慈と奏子を殺すチャンスを、ずっとうかがっていたのか。

また小島の証言で、奏子が昼食を早めに切り上げ、阿部と会っていたことも分かっている。この証言で、阿部と奏子に何らかの関係がありそうだと分かった。動機は痴情のもつれか、あるいは阿部の弱みを奏子が握っていて、奏子は口封じのために殺された。そう考えられる。

　本厚木駅にいた阿部は、電車を使った可能性が高い。明日からは、小田急線沿線を中心に範囲を広げて捜索すると決まった。小田急線は新宿まで延びている。警視庁の協力を仰ぐ必要があるだろう。

　十二日目。阿部は自宅に現れない。木曽根邸はもちろんのこと職場や仕事仲間のところにも現れない。阿部の故郷である名古屋にも捜査員は派遣された。

　渡利は安堂と一緒に小田急線沿線を南下して聞き込みをした。この日は何も収穫がなかった。県内のホテル等の宿泊所へ協力依頼をし、阿部を見かけたら連絡をするように伝えたが、どこからも反応はなかった。会議では阿部が宮弧さと美を追ってアメリカへ高飛びした可能性が論じられた。

　十三日目。阿部康高名義のパスポートが発行されていないことが判明した。阿部は国内にいる。逮捕状を発行し、阿部を指名手配することが決まった。渡利は今日も小田急線沿線を南下し阿部を捜したが捕まらない。刑事を増員して阿部捜しをすることが決まった。

　十四日目。阿部は逃げた。そう考えても、渡利は胸の奥に警鐘を鳴らす部分があるのを感じていた。逃げている人間が、他人の財布を拾って届けたりするだろうか。ずいぶんと落ち着いた対応だ。落ち着いて逃げているとは、矛盾した言葉のように聞こえる。どういうことだ。まさか初めから捕まるつもりで逃げている訳ではあるまい。

朝、署を出ようとして、ふと足が止まる。安堂が振り返る。また不安を口にするのははばかられた。再び足を踏み出そうとして、後ろから呼び止められた。振り返ると、そこにいたのはカーナビ盗難事件で一緒に捜査をしていた刑事課の菊池刑事だった。

「カーナビのほうは何か進展ありましたか？」

渡利と安堂は、木曽根銅慈の事件が起きてから、カーナビ盗難事件の担当を外れているが、菊池たちはあのあともカーナビ事件を追っていたはずだ。

菊池は渡利の質問には答えなかった。

「阿部康高を追ってるんだってな」

「ええ、そうですけど」

菊池は、渡利に顔を寄せて「阿部には気をつけろ」と小声で言う。

「どういうことですか？」

この質問にも菊池は答えなかった。

「簡単に逮捕するな。痛い目を見たくなければな」

「痛い目？」

菊池は渡利の肩を叩き「とにかく気をつけろ」と言って去った。

いったいどういうことだ。菊池は阿部を知っているのか。

胸の奥の警鐘が音を大きくしてゆく。

――阿部には気をつけろ。簡単に逮捕するな。

どういうことだ。不安が形となって胸の奥からせりあがってくる。

そういえば、阿部をどこかで見た覚えがあるとずっと感じていた。阿部の過去に何かがあったのか。

「おい、行くぞ」

安堂に呼ばれて渡利は足を踏み出した。

これでいいのだろうか。

そして二日後の十六日目。とうとう公開捜査となった。阿部の顔写真が公表される。

これでいいのだろうか。

次の日、聞き込み先の片瀬江ノ島駅周辺で、若い男女の集団が、笑いながら渡利の前を通り過ぎてゆく。彼らの笑顔を見て、なぜか阿部があざ笑っている姿を連想した。

その時――渡利は過去の記憶を思い出した。たしかに阿部は渡利の記憶の中に存在していたのだ。

過去 二――完成形の形象

人が生涯の中で犯罪に出くわす確率は低い。それは俺とても例外ではない。だから犯罪が起きるのを待っていては、いつまでたっても仕事はできない。俺にとって、犯罪とは待つものでも探すものでもない。創るものなのだ。

季節は気温が下がって秋が深まる十月下旬になった。奏子は相変わらず俺を連れて地下室に行く。日々、目のぎらつきは増し、精神が常軌を逸しだしているのが手に取るように分かる。そろそろ木曽根銅慈殺害に向けての準備を始めるだろう。地下室に閉じこもるための準備だ。凶器の選定もしているかもしれない。これからは、火曜日、水曜日以外にも様子を見に来たほうがよさそうだ。担当曜日以外にうろついていると、玄関周りの掃除や庭の手入れを担当している小島には、不審がられるかもしれない。だが、それは好都合だ。警察の目がその証言を元に俺に向かう期待が持てる。裁判では無論、趣味にしている研究をしに来ていたと主張する。

だが、日々盛り上がってゆく奏子の気持ちに反比例して、俺の気分は冷めていった。

奏子を犯人に仕立て上げる計画は失敗するかもしれない。失踪した奏子を警察が諦める可能性は低いのではないか。殺害現場に俺の遺留物をたくさん残しても「普段利用しているから」という理由で、奏子より俺の捜査対象としての順位が下がることは目に見えている。俺に容疑が向く前に奏子が発見されるのではないだろうか。地下室にはトイレがない。空腹を何日も我慢することはできても、排泄を我慢することは無理だ。そうなると夜中あたりに抜け出して一階のトイレを使うことになる。刑事の捜査が深夜までかかったら、音ですぐに隠れていたのがばれてしまう。奏子を犯人に仕立て上げる計画は、決してすぐれているとは言えない。せっかくの殺人事件だ。もっと確実に勝利を取れるものを創り上げなくてはならない。

俺は奏子を見捨て、より犯人にふさわしい人物を探すことにした。木曽根銅慈に殺意を持っている人間。もしくは奏子に殺意を持っている人間でもいい。両方に殺意を抱いているなら完璧だ。

俺は、火・水曜日は十時に出勤して、仕事開始の十二時までの二時間を使って、犯人候補を探すことにした。十時から昼食が始まる十一時までを当人と接触する時間に使い、十一時から十二時までを計画を考える時間にあてる。

俺は娘の奈津子に目をつけた。奈津子は今年二六歳になるにもかかわらず、いまだに就労経験ゼロのニートに属する人間だ。自分で運命を作り出すことを放棄し、親に操られ養われることに甘えている寄生虫である。自分の主張がなく環境に従属することしかやることがない人間が、殺人事件の犯人像とはなりにくいだろう。そこに目をつけた。奈津子を殺人犯に仕立て上げれば、警察の目をしばらくの間かわせるかもしれない。奈津子に動機の芽があるかどうかが問題だが、それについてはかなり期待している。二六年間も親の言いなりになって生きていれば、ひとつくらいは不満があるだろう。彼女は何か腹に抱えていることがあるはずだ。それを増幅させれば犯人として使えるだろう。

奈津子の昼前の行動パターンは、家政婦の小島に聞いて知ることができた。

俺は十時に来て、ＧＰマーケットで買った昼食を秘書席に置くと、玄関から外に出た。秋の雲は高く、涼しい風が空から緩やかに舞い降りてくる。俺は芝生を踏みしめ裏庭に回る。前庭の三分の一ほどの広さがある裏庭には花壇がある。中央に白い円形の噴水があって、それを取り囲むように四つの花壇がある。

四つある花壇の右奥に奈津子がいた。薄いピンクのワンピースを着て、作業をしている。手には白い軍手をはめていた。俺は奈津子に近づいてゆく。手前の花壇を通るとき「夏の花」というプレートが立っているのが見えた。どうやら四つの花壇は季節ごとに分かれているようだ。奈津子が手入れしている花壇に花が多い。近づくと「秋・冬の花」とプレートにあった。ほかの二つは「春の花」だろう。花壇には直に植えているものから鉢植えのもの、コンテナ植えのものとさまざまな植え方をしている。奈津子が赤い長靴をはいているのが見えた。手に小型の植木バサミを持っているのも見える。土仕事をするならワンピースは不似合いだと思うが、そこは彼女なりのこだわりなのかもしれない。

「こんにちは」

声をかけると、奈津子は驚いたように振り向く。近づく俺には気づいていなかったようだ。俺は構わず距離を詰めてゆく。

「何をしているのですか?」

「阿部さんこそ、こんなところになぜ?」

こわごわといった感じで聞いてきた。警戒感を持っている。奈津子とは何度か話したことがあるがいつもこうだ。

「時間より早く来てしまいましてね、やることがないものですから、私に何か手伝えることはないかと探しているのですよ。何か手伝いましょうか?」

「いえ、結構です」

俺から目をそらしてそう答える。

「そうですか」

俺はしゃがんで花を見る。今咲いている花の中では、知っているのはコスモスぐらいだった。ほかの花は知らない。閉じこもり小娘の奈津子が世話をしているせいか、どれもいまひとつ色あせているというか、元気がないように見える。

「きれいな花ですね」俺は心にもないことを言う。「きちんと手入れされているのが分かります。汚れている花とか、しおれている花とか一切ない」これは正直な感想だ。全体的に張りがない花の群れであるが、ひとつひとつはきれいに伸びている。

「ちゃんと花がら摘みとかしてますから」

俺には花がら摘みがなんなのか分からなかったが、とりあえず「そうですか」と答えておいた。奈津子はまだ花が咲いていない木のところで、新芽をハサミで切り取る作業をしている。どんな花が咲いているのかひと通り目に焼きつけたあと、俺は噴水の掃除を提案した。

「いえ、やらなくてもいいです」

「やらせてください。私は体を持て余して暇なのですよ」

俺は返答を待たずに噴水のほうに走ってゆく。噴水にデッキブラシが立てかけてあるのをさっき確認している。

デッキブラシを使って、噴水中央の噴水口から掃除を始める。噴水は小さいので中に入らなくても届く。今日のところはこれくらいでいいだろう。一気に核心に迫ると相手は引くだけだ。奈津子のような相手は心を開くまで、ある程度の時間をかける覚悟が必要だ。

＊

それから数日、俺は秘書業をやらない日にも十時に木曽根宅に出向き、噴水の掃除をするようにした。無論、掃除が目的ではない。奈津子に話しかけるのを忘れない。花壇の花を見て以来、花に興味を持ったふうを装って話しかけている。この数日の間に俺は、時間を見つけては図書館で本を読み、園芸に関する基本的な知識を得た。花壇で初めて話しかけたとき、奈津子がしていた作業は、摘芯というもので、新芽の部分を摘み取ることで枝数を増やそうとするものだ。花がら摘みは、しおれた花を摘み取る作業のことで、種を作る分のエネルギーを成長に回すのが目的だ。

花の名前も覚えた。キルタンサスのマッケニー、オキザリスのルテオラ、ピラカンサ、ほかにもツワブキやネリネなど、今咲いている花の名前はほぼすべて学習した。ポインセチアやシクラメンが鉢植えやコンテナ植えになっているのは、室内で越冬させるためだというのも分かった。

この仕事を成就させるためには、時には勉強も必要だ。仕事というものは努力なしに結果が出るほど甘いものではない。

もちろん、俺は知識をひけらかして相手を引かせる愚は犯さない。奈津子のような閉じこもり人間は、自分が作り上げた世界の均衡が崩れるのを嫌う。だから批判をしてはいけない。俺は話のとっかかりだけ与えて、あとは奈津子のしゃべるがままに任せて聞き役に徹する。すでに知っていることでも、今初めて聞き知ったというような相槌を打って感心する。やがて奈津子は気軽に口を滑らせるようになる。すると奈津子のようなコミュニケーション能力がない奴は、気楽に話ができる状態が相互理解している証だという錯覚に陥り、心を開くようになるのである。こちらはただ話を聞いているだけなのに。バカな奴だ、引きこもり人間という人種は。犯人として利用するのに、なんのためらいもない。

花壇に通うようになって二週間が過ぎ、十一月になった。周囲を囲む落葉樹の間から射す日差しはだんだんと弱ってゆく。その間、奈津子は、摘芯をしては、枯れた葉や花びらを摘み、挿し穂をして株を増やし、チューリップ、クロッカス、スノードロップなどの春に咲く秋まきの球根を「春の花」の花壇に植える。球根を植えたところには腐葉土をかぶせる。作業をするとき奈津子は常にワンピースに長靴というスタイルだった。

奈津子の口はだいぶ滑らかになってきたので、俺は勝負をかけることにした。ポケットに忍ばせてあるボイスレコーダーの録音ボタンを押して、奈津子に近づく。

「ちょっとよろしいですか？」

　奈津子は花が摘みをしていた手を止めて振り向く。

「なんですか？」

「最近思うのですが、奈津子さんってあんまり楽しそうに作業をしていないように見えるのですが」

「そうですか？」

「ええ、そう見えます」

　これは正直な感想だ。奈津子は趣味を楽しんでいるというよりは、やらなければならない仕事を義務感だけで進めているように見える。

　なので俺は聞いてみる。

「何か悩みがあるのですか？」

「悩み……ですか？」

「ええ、浮かない表情をいつもしているように見受けられます」

「これは生まれつきです」

「そんなバカな。いや、失礼、生まれつきなんてことはありませんよ。赤ちゃんは誰にも教わらなくても微笑むものです。きっと微笑んでいるあなたもいたはずですよ」

「そうでしょうか……」

「そうですよ。きっとあなたから微笑みを奪っているのは心の悩みにあるのだと思います。私でよければ相談に乗りますよ」

「悩み……、たとえばブルーキャッツアイの挿し芽がうまくいかないとか、ＣＤラックがそろそろいっぱいになるので、棚を増やさなければいけないのですが、どういうものを買ったらいいのかとか、最近、朝霧さんの作るかぼちゃスープの味が変わったと思うのですが、きっと何かを変えたのだと思うのですが、前の味のほうが気に入っているので、それを言いたいのですが、どう言ったらいいのかとか……」

奈津子は小さな悩みを列挙する。どれも殺人に発展させるのは無理だ。

「たくさんありますね。それだけあれば憂鬱になるのも分かります。相談に乗りたいところですが、私の時間も限られていることですし、一番重要な悩みひとつだけを聞くことにしましょう。一番の悩みといったらなんでしょうか？」

「一番の悩み……」

奈津子は考え込む。やがて顔を上げ「やっぱり総司のことでしょうか……」。

「総司さんの何が悩みなのですか？」

奈津子は首を振る。

「やっぱり、いいです」

総司の悩みとは気になる。殺人に発展できそうな予感がする。奈津子は俺に背中を向けて、作業に戻ってしまった。まあいい。追及は今日でなくともかまわない。

＊

俺は寒さには強いほうだが、さすがに最近の風の冷たさには夏の格好では耐えられない。俺は秋冬用のスーツを着て木曽根宅に向かう。今年の冬は来るのが早いかもしれないと天気予報で言っていた。この調子では間違いなく予報どおりになるだろう。

奈津子は相変わらず午前中は花壇いじりをしている。格好は依然、長靴にワンピースだが、最近上からセーターを着るようになった。俺はボイスレコーダーの録音ボタンを押して奈津子に近づく。

挨拶と天気の話をしたあと、俺は切り出した。

「先日、奈津子さんがおっしゃっていた総司さんに関する悩みですが……」

奈津子は軽く身を引いた。

「はあ……」上目遣い気味に俺を見上げる。

「もしかしたら、総司さんが養子だということに関係ありますか？」

奈津子は目を見開く。

「え、どうして分かったんですか？」

「なんとなくそうではないかと……」

理由はない。数日考えて一番当たりそうなネタでカマをかけただけだ。うまく的中した。

「総司が養子だって知っていたんですね……」

「はい。以前、奏子さんから聞いたことがありまして」

「そうですか」

「総司さんが養子であることに何か問題があるのですか？」

「ええ、まあ……」

「まさか離縁したいと考えているとか？」

「実はそうなんです」

「ほう。それはまた、なぜでしょうか？」

「それは……」奈津子は言葉に詰まる。視線を落とし「言えません」。

まだ奈津子の心は開いていないか。やっかいなことだ。

「奈津子さんは、離縁して欲しくないとお考えですか？」

「いいえ。私は総司の意見に賛成です」

「ではご両親が反対なのですね」

「ええ、そうなんです。こういうのは親の了解がないとできないものですよね？」

俺はそのあたりの法律がどうなっているのか知らなかったが、適当に「ええ、そうです」と答えておいた。正確な情報はあとで調べればいい。仕事のためになるべく対立要素は多くあったほうがいいと判断して、今は肯定しておく。

「つまり、離縁をどうやって実現したらいいのかと悩んでいるのですね」

「はい……」

「ご両親が他界してからではダメなのですか。親というものはたいてい、子供より先に他界するものです。ご両親が天寿を全うしたあとに戸籍を抜くなら、何も問題ないのでは？」

「それでは遅いのです」

「そうですか。すぐにでも離縁はしたいが、ご両親は納得されていない。ご両親が他界されるのを待っていられない。なら答えは簡単ですよ」

「えっ」奈津子は顔を上げて俺の顔をまじまじと見る。

「方法はひとつだけ。障害要素を除去すればいいのです」

俺は声を低めにしてゆっくりと言った。あごを引き、上目遣いに奈津子を見据えて、口の端を片方吊り上げ意味ありげに笑う。いかにも後ろ暗い考えを持っているかのように。ボイスレコーダーには表情は反映されないから都合がいい。

奈津子はこれ以上開けないくらい目を見開く。

「まさか、殺す……」

言って自分の言葉に驚いて手で口を覆う。俺は目を細めて笑顔を作る。

「ほう、そっちにとりましたか」

「えっ、で、では阿部さんはどう考えていたの？」口ごもりながら慌てて言う。

「私がどう考えていたかは問題ではない。大事なのは奈津子さんがどう考えたかです。殺すという選択肢が真っ先に浮かんだのですね」

「そんなことありません」奈津子は視線をそらす。

「ほう、そうでしょうか。では、なぜ殺すという言葉が出てきたのでしょうか。障害要素を除去する方法は、両親を説得するなど、ほかの方法も考えられるのにですよ。殺すという選択肢が出たのは、あなたの中に殺したいという欲求があるからなのではないでしょうか」

「そんなことありません」

奈津子は言葉を繰り返す。体が震えているのか、肩を上げ、体を腕で抱きこみ固める。これで奈津子の中に殺人という選択肢が植えつけられた。あとはこれをどう育てるかだ。今日のところは、ここまででいいだろう。これ以上追い詰めると殺人に対する反発心ばかりが大きくなってしまう。今は、疑惑だけでいい。

奈津子のような引きこもりのコミュニケーション不全人間は、疑惑を与えるとそれを何度も反芻して、自分のなかで疑惑を拡大していくものだ。肥大した疑惑がこれ以上耐えられなくなる臨界点を越えると、疑惑を払拭する正当化した理由を自分のなかで作り上げて受け入れようとする。その理由はたいてい不条理なものである。自分の脳内だけで作り上げたものは社会に適用できない場合が多い。ただ疑惑を拭い去るためだけに作り上げた考えだからである。それにコミュニケーション不全であるために、理由の検証のプロセスが取れない。通常の人間なら、他者とのなにげない会話で自分の考えを修正し、社会に適応する考え方を身に付けることができるが、奈津子のようなコミュニケーション不全人間は、そのプロセスを知らない。だから、不条理な理由であっても確固たる確信になって行動の原動力になる。これまでにどれだけ多くのコミュニケーション不全人間が、悪魔や神やオリジナルな規律を自分のなかに作り上げ、それらの名の下に他者を蹂躙《じゅうりん》してきたことか。奈津子も例外ではあるまい。

＊

相変わらず花壇いじりをしている奈津子に話しかけるため、裏庭に向かう。目に入った奈津子の様子がいつもと違うことに気づいて足を止めた。奈津子は花壇いじりをせず、花壇の脇にあるベンチに座っている。まっすぐ座っておらず斜めに腰かけており、ベンチの脇にある金木犀の木に顔を向けている。こちらには背を向けている形だ。

いつもと違う様子に、これは何かあると察知した俺は、足音を立てないようにして近づいた。近づいてみると奈津子は、金木犀の木に何かを話しかけていると気づいた。何を話しかけているか聞き取るために、ゆっくりと近づく。

「……そうだよね。そう思う。私もお父さんの必要性について考えてきた。私の生活にお父さんは何も関わっていない。いてもいなくても変わらない。お金は必要だけど、今あるぶんで十分。遺産でもらうぶんで十分に今後の生活ができる。……そのとおり。今の私にお父さんが必要な理由は何もない。そうだよね？　……やっぱりそう思うんだ。そうだよね。そう、言うとおり、むしろいないほうがいいと思う。だっていなくなれば、総司の離縁がスムーズにできる。お金も遺産で手に入る。いるより、いないほうが生活が充実する。でしょ？　だよね。いなくなればいいのに。どうやったらいなくなるだろう。これはもうちょっと考えなくちゃ。あなたも考えてくれるでしょ？ありがとう。どうやろう……」

俺はゆっくりと奈津子から離れ、裏庭を抜けた。笑いがこらえられなくなり、口が笑みの形になる。いいぞ、奈津子の中で殺人願望が育っている。木曽根銅慈を排除する方向に心が動いている。時が来た。奈津子を殺人へと誘導すべき時が来た。あとひと押しで、殺人へと行動が向かうだろう。

＊

俺がアプローチを重ねると、奈津子の口を開く回数が増え、表情が現れるようになってきた。俺はアプローチに失敗したかと思い始めた。引きこもり人間というのは、無感動、無気力、無関心、無欲が特徴である。奈津子には、はじめその特徴があったのだが、それが崩れつつあるのを感じる。引きこもり人間は表情に乏しく、その点が、犯罪者になったとき警察を惑わす要因になると考えていた。事件そのものに関心がないと言いたげな対応をされて、刑事はそいつが犯人だとはなかなか考えないだろう。犯人として使うのに引きこもり人間がいい人材だったのは、無気力があったからである。奈津子はそれが崩れつつある。今までは頭であらかじめ考えたことを話している感じだったのに、それが見られない場面がときどきある。

だが無欲なままでは、殺人などしないだろう。やはりここは、ある程度感情を引き出したうえで、警察を上手く巻くようなものを用意して、犯行を行わせるとしよう。俺はこれまでの間に、その「警察を巻く物」つまりはトリックを考え、準備を進めてきた。この手を使えば、奈津子に容疑が向くことはないだろう。俺に容疑が向くことは確かだ。地下室にある冷却機のコントローラーには、俺の指紋しかついていないのだから。

問題は、どうやって俺の手を奈津子に伝えるかだ。

夕方近く。秋の穏やかな光が万物の輪郭をやさしくなでおろしている。俺と奈津子は、花壇の脇にあるベンチで、俺が差し入れで持ってきたクレープを齧《かじ》っている。

クレープの最後のかけらを口に放り込んだあと、俺は切りだした。

「相談があるのですが」

奈津子は首をかしげて俺を見る。

「奏子さんが、社長を殺そうと画策しているのではないかと思われます」

俺が言うと、奈津子はびくりと体を震わせてうつむく。

「本当ですか……？」

「ええ、本当です」

奈津子は寒さをこらえるように体を硬くする。

「いかがいたしましょう。止めますか、見送りますか？」

「それは……」

奈津子は言葉が続かない。思いつかないというより、恐怖で言葉が出てこないといったように口をつぐむ。

「これで奈津子さんの悩みの半分は解決となりますね」

「そんな……」

　奈津子は手で口を覆う。奏子には木曽根銅慈殺しをやらせて、奈津子には地下室に隠れた奏子殺しをやらせる。そのようなプランを考えている。殺人を現実的なものにするために、奏子の殺人について言及して、奈津子に殺人を強く意識させる。

　遠くで鳴った車のクラクションに奈津子は、激しく反応して振り返る。

　俺はその姿を冷めた目で見ていた。

　奈津子で大丈夫だろうか。今あらわにしている感情は、時間が経てば薄くなって冷静になれるかもしれないが、奈津子の場合、それが期待できないかもしれない。うまく殺人まで誘導できたとして、奈津子は感情を抑えたまま刑事と渡り合えるだろうか。

　奈津子には無理なのではないか。罪の意識に押しつぶされて、泣きながら自白する姿が目に浮かんだ。事後の精神状態までケアすることを考えたら、奈津子を殺人犯、それも警察を欺く殺人犯まで仕立て上げるには、相当の時間がかかってしまうのではないだろうか。せっかく奏子がやる気になっているこの好機を逃す術《すべ》はない。奈津子を犯人とする殺人事件を構築するのは、労力がかかりすぎる。なんとしても奏子が起こす事件に間に合うようにしなくてはいけない。そのためには奈津子殺人犯の育成は、諦めたほうが得策かもしれない。

　これまでにも、奈津子は外界からの刺激に対して過敏に反応している。車のクラクションだけでなく、自転車のブレーキ音、犬の鳴き声にも驚いた反応をする。刑事を欺く殺人犯は、奈津子には務まらないのではないか。必ず警察の前でもうろたえ、ボロを出すに決まっている。俺が捕まる前に、こいつが先に捕まってしまう。だめだ。奈津子は諦めよう。刑事たちと渡り合えるのは、誰にでもできるものではない。もっと理性的に、理知的に殺人ができるような奴でないとダメだ。図太い神経を持った人間でないと、奏子事件に間に合わせることができない。

俺は決心して立ち上がる。

「これで終わりだ、奈津子」

いきなり呼び捨てにされて驚いた目で俺を見上げる。俺は表情を消して奈津子を見下ろした。

「お前に俺の相手は務まらねえよ。お前は家のベッドで丸まって、後悔にうずもれて傷を舐めているのがお似合いだ。さっさと家に帰って腐った魚のように生きてろよ」

奈津子はクレープを持ったまま唖然とした表情で俺を見上げている。俺は背中を向けて歩き去る。一度も振り返らなかった。

＊

「久しぶりに飲みに行きませんか？」

石居にこう持ちかけるのは、これで三度目になる。一度目は、名目上は挨拶ということで、実際は犯罪の芽があるかどうかの探りを入れるため。一度目で、こいつは木曽根銅慈に対して不満をたくさん持っていることが分かった。だが犯罪に持ってゆくには決定力に欠けた。

二度目は、木曽根銅慈が遺産の分配を公表した直後、石居がどう受け止めているのか探りを入れてみた。石居は、金よりも認められることを欲していることが分かった。金も欲しいがそれよりも仕事で成果を褒められたいのだ。遺産が一〇％渡ってくる点については当然のことと捉えている。自分はそれだけのことをやったという自負が石居にはあるのだ。金に対する執着は奏子のほうが上だと判断し、石居に手をつけるのは止めにした。だが、気になる点がある。石居はミクトラルの経営に興味を持っている。木曽根銅慈に成り代わり、自分で会社を動かしたいと思っている。その思いを増長したら、木曽根銅慈を排除する方向へ気持ちが動くかもしれない。そう思って、三度目の声かけをした。

「そうか」

石居は、秘書席に座ったまま俺を見上げ、破顔する。こいつには飲み友達がいない。ミクトラルの社員が言うには、石居と飲みに行くと石居の背後に木曽根銅慈の顔がちらついて飲んだ気にならないという。石居は起業時から木曽根銅慈にくっついている人間であり、それを社員は知っている。

書斎の隅で時間が来るのを待つ。十月から十二月は「閑散期」といって、棚卸をする店が少ない時期である。仕事は週に三日か四日になる。だからこうして石居と飲みに行く時間が作れるのだ。閑散期に入って時間が作れるのはいいのだが、閑散期給という名で、給料は割安になる。

午後六時ちょうどに石居は席を立ち、電話の留守番メッセージをセットする。

「久しぶりだな」

石居は嬉しそうだ。こいつは話し相手がいない。木曽根銅慈とは古くからの付き合いだが、主人と奴隷《どれい》のような関係だから、話し相手にはならない。社員は石居にとりついている木曽根銅慈の影を気にして寄りついてこない。だから石居は話し相手を求めている。共感的に聞けば、相手がなぜ共感を持ったのかを少しも考えずに盲目的に話し始める。こいつの心を引き出すのは簡単だ。共感的に聞いてやればいい。目を見ながら相手の言葉にうなずく。相手の言葉を繰り返して確認するように返す。相手の言葉を解釈して返す。石居が人生の教訓めいたことを言い、「なるほど。教えられましたね」と心にもないことを答えたときから、石居の態度が変わった。なんでも饒舌に話すようになり、部下に教えているような態度でいつまでもしゃべり続けた。

木曽根宅を並んで出て坂道を歩いて下る。石居も歩いて出勤している。外はもう日が沈んで夜の空になっている。坂の下から吹き上がってくる風に身を縮めながら二人並んで駅前の飲み屋に向かった。

入ったのは大衆向けの飲み屋。客は半分くらい入っている。多くはサラリーマンふうの男であった。店の半分が一〇人くらい座れるテーブルのある座敷で、残りは四人がけのテーブル席である。テーブル席は、個室のように壁が立てかけてあるので秘密の話をするのにちょうどいい。俺たちは四人がけのテーブル席に向かい合わせに座り、最初は二人ともビールの中ジョッキを注文した。

しばらくは近況報告など、たわいもない話をとりとめもなく続ける。酒がある程度回ったところで、酒を焼酎に切り替え、石居が野球の話を切り出した。最近、野球の日本代表チームがオーストラリアと最終強化試合をやったらしい。俺は野球には興味がないが、少し身を乗り出して興味ありげに「日本チームはどうですか？」と質問する。

「うーん、あれはちょっと物足りないね。打線がいまいちなんだよね。右の大砲がいないからあんまり大量点が期待できないんだよ。ピッチャーの出来が試合を決めるって感じだな。ピッチャーが抑えれば勝つ。点を取られたら負ける」

どうせスポーツ番組で解説者が言っていたことだろうが、俺は関心を持ったふうを装って「へえ、そうなんですか。ピッチャーが大事なんですね」と言う。

「そうだ。ピッチャーだよ。野球はね、ピッチャーなんだよ。野球にはね、社会ってものが凝縮されている。一番えらいのはピッチャーだよ。監督じゃない。実はピッチャーなんだよ。敵の先頭に立って相手にする前線の戦士だな。テレビにもよく映るしな。ピッチャーが試合を決める。ピッチャーが勝敗を握っているんだ。ピッチャーが抑えれば、とりあえず負けはないからな。負けがなければチームは優勝だよ。優勝したチームはピッチャーがよかったんだよ。打線とか監督の采配とかはおまけだね。ピッチャーの仕事に比べたらたいしたことはない。ピッチャーが一番えらいんだ。ということはピッチャーが社長だ。そのほかの選手が社員。監督はだな、株主だよ。偉そうにぎゃあぎゃあ言うだけで何も生み出さない奴らだ。だから監督は株主だ。バッターは全部社員。いいバッターでもせいぜい打率三割だろ。どんなに有能な社員でも、だいたいそんなもんだよ。十回やって三回いい結果が出せればいいほう。だからバッターは全部社員だよ。打率二割台前半でほかのバッターにつなぐ役目しかしてないような奴がいるところなんか、会社とよく似ているな。ピッチャーは、な、たかだか三割しか打たない奴らがなんとかして取った点を必死に守っているんだ。ほんと必死だよ。敵を目の前にして一球一球、手を抜かずに全力でピシーッと投げる。だからね、世の社長はピッチャーじゃないといけないんだ。社員がせこせこ稼いだものを敵から必死に守らなければならない。陰にひそんで腕組んでふんぞり返っているのなんかクズだね。裏工作ばっかり考えて、人をあごでこき使うことしかしないで、表舞台に立とうとしないなんてナンセンス。社長こそ前線に立たなければならない。社長はピッチャーにならなければならないんだ」

前にも聞いた石居の持論を長々と聞かされた。石居は暗に木曽根銅慈を批判しているのだと分かる。そして自分が代わりに経営をしたいのだとも伝わる。野球は団体戦のスポーツなのだから、誰がえらいとかはなく、それぞれに役割があるだけで選手は皆平等だと俺は思うのだが、石居の気分を害するのは得策ではないので、適当に相槌を打ち、最後に「なるほど、たしかにそうですね」と言っておく。

「だろ」勢い込んで石居が言う。

今度はピッチャーを総理大臣に置き換えて似たような話をする。俺はこのあたりが潮時かと思って、スーツの内ポケットに手を忍ばせ、ボイスレコーダーの録音ボタンを押す。

「社長といえば、そういえばウチらの社長。株券と貯金いくら抱えていると思います？」

石居は虚をつかれたような顔をして「貯金？」。

「ええ、この間、例のクラブにお供させていただいたのですが、そのときに社長が自慢していたのですよ」

「へえ、いくらだって?」

やはり石居は知らないようだ。だから、遺産一〇%を遺贈すると知っても心がたいして動かなかった。だが、知れば変わるかもしれない。だから俺は言う。声を潜めて。

「十億らしいです」

石居は目を見開いた。驚きを込めて「十億……」。

「はい、そうです」

石居は絶句している。俺は追い討ちをかける。

「だから私たちに遺贈される分は……」先は石居が言った。「一億……」

「ええ」

石居が焼酎をぐびりとのどに流し込む。目はまだ見開いたままだ。その目は俺を見ていない。おそらく一億円を手にした未来の自分を見ているのだろう。その口が引きつって笑みの表情になる。やはり、こいつは一億も手にできるとは思っていなかったようだ。思わぬ大金に目がくらんでいる。その表情は、地下室で見せた奏子の笑みに似ていた。これはいけるかもしれない。

実際は九億八千万だし、贈与税で引かれるので一億には届かないが、そんなことを言って水を差すようなまねはしない。数千万円と一億円では印象が大きく変わる。

しばらく大金の夢想に浸らせたあと「一億なんてすごいですよね」と気持ちを煽るような言葉を吐いておく。

酒は順調に進んだ。石居の顔が赤く染まってくる。だいぶ上機嫌のようだ。

「いいかい、阿部君。あのアイラルデパートは俺が提案したものなんだよ。当時誰もアイラルデパートになんか注目していなかった。アイラルデパートの仕事なんて誰も取れるとは思っていなかった。だけど俺は違ったんだよ。俺だけが違ったんだ。俺一人がアイラルデパートの仕事が取れるって思ったんだよね。なんていうのかなあ、勘だよ勘。ビジネスマンとしての勘だね。アイラルデパート関連の株式の変動を見ていたら、なんかピンと来たんだよ。今なら安く請け負う俺たちに仕事を任せるんじゃないかってね。やっぱ、前線にいる人間が勝利を勝ち取るんだよ。俺みたいにね。だってあれだよ、俺がいなかったら利益は、二〇％は下回っていたからね」

またこの自慢話だ。アイラルデパートの仕事が取れたのは、たしかに大きい。アイラルデパート単体の棚卸でも相当な利益なのに、アイラルデパート関連のドラッグストアや服飾店の棚卸も取れたのだから。たしかにアイラルデパート関連の仕事を取って利益は二〇％くらい上がり、シェアで上位に食い込んだ。だが、仕事が取れたのは営業部の社員ががんばったからだ。なのに石居は、さも自分が交渉して勝ち取ったかのように話をする。さっき自分でクズだと批判していた社長のように、口ばっかり出してひとつも動かなかったくせに、自分のことはよく見えていないようで、自分は口ばっかりの人間とは違うと考えているようだ。自分を大きく見せるのは評価されていない人間の悲しさか。アイラルデパートの件で評価されたのは営業部長で、こいつではなかった。自分を大きく見せて自分をなぐさめる。くだらない奴だ。

石居の記憶が飛ぶ前に話をしなければならない。俺は切り出した。

「ウチらの社長って結構ワンマンじゃないですか。今もし、もしですよ、社長の身に何かが起こったら、ウチらの会社はどうなってしまうんでしょうね」

「さあ、どうなるだろうなあ。意思決定のところでつまずくんだろうなあ。意思決定は社長以外やっていないからなあ」

「そうなると、やはり石居さんの出番じゃないですか」

「俺?」石居は、にやつく。「俺なんか務まるかなあ」

「アイラルデパートの一件があるじゃないですか。あれだけの目を持っていれば、見誤ることはないんじゃないですか」

「そうかあ」

石居はなんの疑いも持たずにうれしさを顔中で表現する。顔をひとしきり手でこすってから「でもなあ、俺がしゃしゃり出ても、湯馬とか今上がたてつくんじゃないかぁ」。

「そうなったら、一億を使って株券を買えばいいじゃないですか。株主になれば意見を通しやすくなりますよ」

根拠はないが一億円を意識させるため、そう言っておく。

「そうか一億があったか。それを使えば……」

石居は思いにふける。俺は邪魔をしないように、注文した刺身を黙って食べる。

石居の表情がだんだん笑みに変わる。口の奥で笑い声が揺れる。その笑みを見て、今がチャンスだと思った俺は「でも、社長は元気ですから、まあ、当面心配はいらないんですけどね」と言う。

「じゃあ、こうなったら、いっそのこと……」

「いっそのこと？」

俺が聞くと、石居は慌てて表情を引っ込め、首を振る。

「い、いや。なんでもない」

これで石居の頭の中に殺人という選択肢が植えつけられた。

こいつにやらせるならアリバイトリックを使わせる。

こいつには遺産が一〇％遺される。しかも生前にそれを公表しているとなれば、警察は石居を容疑者の視野に入れて捜査を行うだろう。動機は遺産目当てだ。だから警察の目を欺くトリックが必要だ。

犯行は夜の十時ごろがいい。十時に殺させて、深夜の一時ごろに、こいつの故郷である姫路で悶着を起こさせ、人の記憶に残る行動をとらせる。夜の十時に神奈川県の厚木にいて、深夜の一時に兵庫県の姫路にいることは普通に考えればできない。飛行機も電車もない。深夜バスでは深夜の一時に着けない。車で行くには時間が足りない。警察は石居のアリバイは鉄壁と考えて、捜査対象からはずすことだろう。

夜の十時に厚木にいて、深夜の一時に姫路にいる方法——こいつにはヘリコプターを使わせる。社員は知らないのだが、こいつはヘリの免許を持っている。この間飲みに行ったときの帰り、石居がかばんを道路に落とし、中身をぶちまけた。そのときにヘリの免許証を見た。石居はヘリの免許については触れて欲しくなさそうにしていたが、聞き出してみると、木曽根銅慈の指示で取ったらしい。

木曽根銅慈は、会社設立当初から、ヘリで営業所間を移動するのを夢見ていたという。だからヘリを持っている会社のすぐ近くに本社を置くことにした。木曽根銅慈は誰かに自慢したくて、見栄でヘリの移動を切望していたようだ。その見栄に付き合わされる形で、こいつはヘリを操縦できるようになった。だが、会社がヘリの移動ができるくらいまで大きくなり、石居がヘリの免許を取ってみると、木曽根銅慈は、石居の操縦は危なくて乗れないと文句をつけて、ヘリのレンタル会社が提供する操縦士に依頼し支社へ飛んでいる。取った資格が水の泡になったと石居は嘆いていた。木曽根銅慈の金で取った資格だから文句は言えないとも。無駄に時間を過ごしていたと嘆きたいが、恥を晒すのでできないのだろう。しかも、石居の話を聞いてやる人間は会社の中には俺しかいない。この状態は俺にしてみれば好都合だ。誰もが石居のヘリの免許のことを知っていたら、トリックをしかけてもすぐにばれるだろう。知っているのは石居のほかには木曽根銅慈と俺。木曽根銅慈は殺されるから俺が話さなければバレることはない。

夜の十時に木曽根銅慈を殺害後、車でヘリポートに向かう。車で五分のところにミクトラルが契約しているヘリの会社がある。ヘリポートへの侵入は、支給されているカードキーを使えば入れる。ヘリコプターを盗む人間はいないと考えているのだろう、管理は甘くて、夜の管理人はいないからキーを持っていれば簡単にヘリまでたどり着ける。ヘリのキーもカードキーで取り出せる。

ミクトラルがレンタル契約しているのは、四機あるうちの、ロビンソンR44。最高速度は時速二四一キロメートルだ。最高速度で飛ばせば、姫路までは五百キロ程度だから、二時間強で着く。着陸箇所は、姫路駅の近くにある大手門駐車場。百メートル×二百メートルの広い駐車場である。観光バスが何台も横並びに止まれる広いスペースがあることは調べがついている。着陸は容易だろう。大手門駐車場は二十三時に閉まるので、見咎められることはない。

姫路に着き、深夜の一時前後に姫路のどこかで騒動を起こす。誰かの記憶に残る行動をしたら、すぐにヘリで厚木に戻る。ヘリを元の場所に返すのが、だいたい午前三時。そのあと午前六時十一分に新横浜発ののぞみ九九号に乗る。新神戸に八時三十五分に着くので新神戸発のひかり三九三号に乗り換える。これが八時五十二分発で、九時十分に姫路に着く。九時半ごろに誰かと話すなりして印象づければ、それを聞いた刑事は石居が一晩中姫路にいたものと判断するだろう。途中で容易に抜け出せられるホテルがあれば、チェックアウト等の記録が残るから完璧だ。

問題はいくつかある。まずひとつ目は、着陸時に目立つ。ヘリの出す音は大きいので、周囲に音が響き渡る。姫路はそこそこ栄えている町なので、深夜でも人は出歩いているだろう。駐車場に着陸したヘリコプターを、不審な目で見る人間は必ずいると考えていい。だが、この点はあまり心配しなくていいのではと思っている。ヘリを不審に思ったとして、それを警察に通報する人間がいるだろうか。まずいないと考えていい。「なんであんなところに」と思うだけで終わるはずだ。刑事の耳、しかも神奈川からはるばる来た刑事の耳には入らないと考えてまず間違いはあるまい。

二つ目は燃料の問題だ。ロビンソンR44は航続距離が六四四キロメートル。姫路までの片道で燃料の大半を使い切る。帰りのぶんの燃料がいるし、ヘリを元の位置に返したときに燃料が減った状態で返してもいけない。燃料の変化でヘリ会社の職員がヘリの使用に気づく恐れがある。そうなると往復分の燃料を事前に準備する必要がある。自然な形で購入できるかが問題だ。棚卸会社がヘリの燃料を買うにはどうすればいいか。契約しているヘリの燃料の予備をミクトラルでも持っておくことにしたといった理由が妥当だろうか。購入するタイミングは事件の直前ではいけない。燃料会社の職員がトリックに気づいてしまうかもしれない。燃料は事を起こすだいぶ前に準備をしておかなくてはならない。個人で購入できるものなら俺が個人で入手し、なんとかして石居に仕込む。

三つ目は、石居がヘリコプターの免許を持っていると知っている人物が、本当に俺と木曽根銅慈だけなのかという問題だ。こいつには会社から歩いて一五分のところに行きつけのバーがある。そこで酔った勢いで話しているかもしれない。これは確認しないといけないだろう。

俺が考え事をしている間にも、石居はどうでもいい話をくどくどと俺にしている。俺は適当に受け流し、注文したおでんで腹を満たした。

「君はいいよなぁ」

片肘をテーブルについて石居がうなだれる。なんの話だったたか。

「何がですか?」

「いや、若いからさ。あっちのほうは現役なんだろ。俺は駄目だよ。ちっとも役に立たないっていうか、はっきり言って勃《た》たないんだよ」

またその話か。前にも聞かされた。こいつは話題に乏しい奴だ。何度も同じ話をしてまだ飽き足らず、また同じ話をする。まるで猿か犬のような奴だ。脳の容積がケモノ並みなのか、外界からの刺激が脳に伝わらないかどちらかだろう。石居は人間の中でも下位に位置づけられるべき人間である。こういう奴こそ人間のクズと言うべきではないか。

俺が黙っていると、石居は話を続ける。

「なんか、そうなると、もうだめだって思えるんだよね。いくら仕事ができても、不完全燃焼なんだよ。人生の大事な部分がすっぽり抜け落ちた気分でね。なんだか仕事もやる気がなくなるんだよ。なんかむなしいっていうかね。これでいいんだろうかって気持ちになるんだよなあ……」

人間がなぜ生きているのか。なぜ生き続けなければならないのか。その生きる理由の第一義は、繁殖行動をとって遺伝子を子孫へ継承することにある。それがＤＮＡの求める最大の事柄であるからだ。ＤＮＡは種の保存のために存在していると考えてい い。だから、たしかに生殖機能が働かなければ生きる理由の大半を失ったことになるから、気落ちするのも分かるといえば分かる。だが、人間は繁殖行動のみにて生きているにあらず、と俺は考えている。人間の種の継承はＤＮＡのみではないと考えている。人間には発達した脳によって物事を創造する力がある。ＤＮＡではなく、知識、物などによっても人間は種の継承ができる。来世の人間が過去の創造物や知識を利用したり、何かを感じ取ったり、生きる指針や活力を得たりした場合、ＤＮＡ以外のものによって種の継承をしたと考えていいのではないか。過去の知識、物、技を使って人間は生きている。創造物は継承という意味を持つことにより、ＤＮＡの欠片とも言える。ＤＮＡほど種の情報が凝縮されているわけではない。だから欠片である。よって、創造物を遺すことが人間の生きる理由の第二義といえる。

だが、石居は生きる第二義的な理由を放棄している。木曽根銅慈にあごで使われるだけの仕事に創造などありえない。創造する時間がなかったなどとは言わせない。石居には週に二日の休みがある。木曽根銅慈を上手く説得できれば、離れの家を使って創造に取り組める。上手くいけば木曽根銅慈が金を出してくれる。石居は、生きる理由の第一義を失い、第二義を放棄した人間なのだ。だから生きる目的が見出せずに、自分の存在意義が失われた。存在意義のない人間に生きる資格はない。犯罪者として使うのになんのためらいもない。

一方、俺のやっている仕事は、警察に捕まって初めて成立するという、ビジネスの新たな可能性を創造したという点を鑑《かんが》みると「クライムアート」と呼ぶにふさわしい創造であると言える。

＊

会社内の、石居のデスクに座る。目の前にはノートパソコンが置いてあり、電源が切れているので電源を入れる。パスワードを求められるが、俺は入力して難なくパスする。こんなこともあろうかと、石居のパソコンのパスワードは、以前に盗み見て知っている。ようやくそのパスワードを使うときがきた。

窓の外を見るときれいな星空が広がっている。石居が行きつけの飲み屋に入ったのを見てからここへ来ているので、俺の作業中に石居に出くわす危険はない。

労働時間の管理がしっかりしている会社では、社内ＬＡＮを通じてパソコンの稼働時間を記録していたり、部屋内に監視カメラを設置して、不法な時間外労働をしていないかチェックしたりしているが、この会社は、そんな管理はない。部屋内には誰もいないので、気兼ねなく石居のパソコン内をあさることができる。

しばらくパソコン内のファイルを開き、内容を見て閉じる作業を繰り返す。

しばらくして開いた「てもはい」という意味不明なファイル名のワードデータが目当てのものだった。やはりあった。石居なら持っていると思っていた。一行目に「木曽根銅慈が私に対して行ったこと」と書いてある。以降には、木曽根銅慈から受けたハラスメントの数々が記録されていた。

・会社の売り上げ伸び率が少ないとき、責任をとるために、全裸になって街を走ってこいと指示
・飲みかけの熱いコーヒーを私にかけて、スーツを汚す
・道を歩いているとき、私を押して側溝に落とし、落ちた私を見て笑う
・私が提出した書類に対し、くだらないと発言して床にばらまき、書類を足で踏む
・お前はくだらない人間だから結婚ができないと発言
・食べ残しのカレーのルーをスプーンですくい、私に投げつける
・ライターの火を私に近づけて、私の服を燃やそうとする
・私の高校卒業という最終学歴を笑い、くだらない奴と発言
・煮立った鍋に私の顔を無理やり押しあてる
・あの女のスカートをめくってこいと指示、できないと言うと、そんなこともできないとはくだらない奴だと発言

ほかにも多数のハラスメントの記録が記されている。
労働基準監督署に告発する用の記録か、それとも不満のはけ口か。

文書の最後には以下の文面が記されていた。

——私が社長になったら、こんなことは一切しない。こんなことをする人間はクズである。会社に存在する意味はない。生きている意味すらない。こんなくだらない人間は、なんとしても排除する必要がある。

いいぞ、俺は声を出して笑う。誰もいない部屋に俺の笑い声が響く。

ハラスメントを受けた人間は、会社を辞めるとか、自殺する方向へ意識が向かうケースがあるが、石居の場合は違うようだ。木曽根銅慈を排除する方向へ意識が向かっている。それは石居がこの会社を経営したいという欲求があるから。自分が社長となって会社を切り盛りしたいと思っているがゆえに、木曽根銅慈を排除する選択をしたと言っていい。俺の望む方向に石居は進んでいる。

＊

「君はいいよなあ」再度飲みに誘った席で、酒が回ったころに石居が愚痴る。「超伝導だったか。研究が趣味なんてねえ。何かやりがいがあるものを持っているっていいよなあ。俺にはないからなあ。俺は何をやりたいんだろう。何をして生きていきたいんだろう。なんか分かんなくなっちゃってるんだよね」

俺のやっている研究は、まじめに取り組めば、たしかに人生の第二義として捉えられる創造と言えるだろう。だが、本気で研究するとでも思ったか。だとしたら出資した木曽根銅慈同様、こいつも認識の甘い奴だ。超伝導状態が発見されてから百年近く、銅酸化物高温超伝導体が発見されてからもう二十年以上も経つ。これまでに世界中の数多くの研究者が、新たな高温超伝導体を発見しようと取り組んできた。過去の研究者は馬鹿ではない。高温超伝導体の結晶構造は研究し尽くされ、現在では、俺がやっているような通常の合成方法では、高温超伝導体は出尽くしたと言われており、発見できたとしても超伝導転移温度の低い、研究結果としてはたいしたことはない物質になるだろう。現在では高温超伝導体は、超高圧合成といったような特殊な加工方法でしか転移温度の高い新物質の発見は望めないといっても過言ではない。新高温超伝導体の探索は、個人の研究で達成できるレベルではなくなってきている。

俺が研究という名目で物質を合成しているのは、新物質発見が目的ではない。研究用資材を犯罪に使うためである。酸素ガスは、放火や爆発事件に役立つ。金属配管は撲殺に使える。毒物原料は毒殺に流用できる。液体窒素は、そのまま使えば凍死を演出できるし、蒸発した気体を使えば窒息死を実現できる。グローブボックスに使うロータリーポンプだって使い道はある。もうひとつの「創造」のために、俺は研究しているフリをしているだけなのだ。

「石居さんも、社長に頼んで離れの家で何かをしたらいかがでしょうか」

俺は心にも思っていない提案をする。

「何かねぇ……、何があるかなぁ……」

石居は考え込み、焼酎をぐびりと飲む。

「小説なんて書いてみてはいかがでしょうか」

「小説？　なんで小説なんだ？」

「ところで石居さんは、ヘリコプターの免許を持っていると、私と社長以外に話しましたか？」

ヘリコプターと聞いて、石居がわずかに身構える。

「いや、していないが」

「なら、石居さんならではのトリックです。誰にも言わなければ、ほかの人に先を越されることはない。私、この間、アリバイトリックを思いついたのですよ。ヘリコプターを使うトリックです。これは、石居さんならできるアリバイトリックなんです。それを小説に書いてみてはいかがでしょうか。どうです？　話を聞く気ありますか？」

石居はまっすぐ俺を見つめる。俺はじっと見返す。石居は焼酎を口に含んだあと、かすかに口元を緩める。

「聞こうじゃないか」

「分かりました」

俺はトリックの説明を始める。石居の気持ちが殺人まで盛り上がったら、きっとこのトリックを使うだろう。だが問題は、このトリックを俺が知っていることだ。俺が知っているという理由で、石居はこのトリックを使わない可能性がある。石居には共犯意識を植えつけるように誘導しなくてはならない。だが、それは造作もないことだ。こいつには仲間と呼べる人間は俺しかいない。なんとかなるだろう。

＊

石居のアリバイトリックはリスクが大きい。地方の営業所に行くときは、木曽根銅慈はよっぽどのことがなければヘリを使う。それは社員も知っている。石居がヘリの免許を持っているところまで一気にたどり着くのは刑事には難しいだろうが、木曽根銅慈がヘリを使っている点を発端にして、ヘリを使ったトリックのほうが先に明らかになる可能性がある。ヘリを使ったトリックが明らかになれば、石居が免許を持っているかどうか追及され、石居の逮捕につながるだろう。勘のいい刑事が相手なら、俺より先に石居を捕まえてしまう。だから石居はなるべく使わずに済ませたい。

石居を敬遠する理由は、石居の資質にもある。普段は口数の少ない奴だが、酒が入ると多弁になる。特に行きつけの飲み屋では、それが顕著になる。殺人を犯したあと、その事実を伏せることができるか不安だ。酒の勢いで思わず真実をこぼしてしまう可能性がある。また、酒が入っていないときにも問題がある。刑事が追及という形で対立構図をとるなら、ボロを出さないだろう、秘書という仕事をやってきて基本的な守秘の能力は持っているはずだ。だが、刑事が共感的にこいつの話を聞いたらどうだろうか。話し相手に恵まれていないこいつのことだ、相手がなぜ共感的に聞くのかその理由を考えずに、欲求に従うままに話してしまう可能性がある。そうしたらきっとボロを出すに違いない。

この点は、俺が会話欲求を充足させることでカバーできるとしても、まだ問題はある。こいつは思っていることを表情に出す癖がある。木曽根銅慈は、鈍い男なので気づいてはいないようだが、口の端で表情をあらわにすることがよくある。表情をきっかけに刑事に怪しまれる可能性がある。

石居を使うのは、ほかに適任者がいないときにする。より上手い方法で殺人をやってくれる人間がいるなら、そちらを選択するべきだ。俺は、さらなる犯人候補を探すことにした。

手にビニール袋を持って、俺は木曽根宅の三階に上がる。三階は、木曽根家各個人の私室になっている。階段を上がってすぐのところで段になっており、ここで靴を脱ぐ。ここから先は土足禁止である。

手に持っているビニール袋は、酸素ガスでパンパンに膨れ上がっている。中に入っているのは、いつもの熱帯魚店で買ってきた体長三センチメートルくらいの金魚。合計で二〇匹。

俺は絨毯が敷き詰められている廊下を、スリッパを履かずに歩き、総司の部屋の前に立って、スーツの内ポケットに入れたボイスレコーダーの録音ボタンを押す。

ノックをしようとしたら内側から開いた。中から奈津子が出てくる。俺を見ると驚いた表情を浮かべ、うつむいて俺の横をすばやく通り過ぎる。奈津子の頬は、若干赤みを帯びていた。中で総司と何かあったのか。

「失礼します」

俺は軽くお辞儀をして中に入る。部屋の中央で立っている長身の男が俺を見る。総司の部屋は二〇畳と広い。赤い派手な絨毯と赤いカーテンに囲まれた部屋に並ぶ調度品は、どれも一般人が持つものよりもグレードが高い。壁際にあるプラズマテレビは不必要に大きいし、その背後にはスクリーンがしまってある収納がある。スピーカーは細長くでかいし、ＤＶＤレコーダーやデスクトップパソコンは、一番高い商品を選んでいるかのような品揃えだ。ソファやテーブル、ベッドの質は俺には分からないが、安物でないことだけは確かだ。俺はこういうものには興味がないので、別段うらやましいとは思わない。全体的に統一感はなく、ただ高いものを買って並べたというような品のなさを感じる。散逸や破綻といった言葉が似合いそうな、節操のない部屋である。

「買ってきたか」

「はい」

俺は金魚の袋を差し出す。総司はむしりとるように俺からビニール袋を奪う。こいつは俺たち秘書を自分の使用人だと考えている。何かにつけては用事を言いつけ、アゴでこき使う。そういう点では、こいつは木曽根銅慈に似ている。

俺たちが木曽根銅慈の秘書をしているのは、木曽根銅慈と契約関係にあるからなのだが、それをこのガキは分かっていない。このガキは社会に出て働いたことがないから、契約というものを考えることができないのであろう。犯罪者創造という目的がなければ、俺はこんなくだらない用事などはねつけている。だが、こいつは犯罪者としてはなかなかの人材であるから、俺は従順にしている。

総司はビニール袋を開けると、ハエたたきのネット部分を網に変えたような小型の網を使って金魚を掬い取る。部屋の端に一二〇センチ水槽があり、そこにはピラニアが二〇匹ほど泳いでいる。総司はピラニア水槽のガラス蓋をずらすと、金魚を水槽のなかに放り込む。するとピラニアたちの動きが一気に加速し、金魚に襲いかかり、食い散らかす。一方的な殺戮《さつりく》シーンを、総司は凄惨な笑みを浮かべて眺めている。もう一度、総司は金魚を掬い、水槽に放る。金魚はたいして逃げる間もなくピラニアの口の中に納まってしまう。ピラニアの動きは圧倒的で、上下左右から容赦なく襲撃する。「必死」という言葉が適切な泳ぎ方だった。食事シーンはあっという間に終わった。金魚のうろこと肉片が水槽内を浮遊している。ピラニアたちは名残惜しそうに回遊している。

「いつまで突っ立ってんだよ。さっさと消えろ」

総司が俺をにらみながら言う。こういう傲岸不遜な振る舞いをするあたり、このガキは犯罪者としていい素質を備えているといえる。なかなか得がたい人材だ。こいつなら刑事を相手にひるむことはないだろう。何かの拍子にボロを出す危険は少ないと見ていい。

だがその振る舞いは、諸刃の剣でもある。犯罪者に適した人格というのは、疑う証拠がなくても容疑者に入れられてしまう可能性がある。総司を犯罪者に仕立て上げるのに好条件なのは、こいつに遺産が渡らないことである。木曽根銅慈は総司に遺産を渡さないと宣言し、こいつはそれを承諾した。これでかなり俺にとっては好都合な状態になったと言えるが、こいつは粗暴なところがあり、石居の話では、過去に暴力事件を起こしており、それを木曽根銅慈が金でもみ消した過去がある。木曽根銅慈は、逆らえない環境を作り、状況で他人を追い込んで下に敷こうとするのに対して、こいつは暴力で相手を恐怖させ、支配下に置こうとする。木曽根銅慈の暴力には加減があるが、こいつの暴力には加減がない。木曽根銅慈が息子を受け入れられない理由は、そういう点かもしれない。加減を知らずに突っ走る息子に血のつながりを見出せなかったのか。総司は本来なら前科三犯がついてもおかしくないようなことをしている。刑事がその事実を知ったら、遺産が渡らなくてもこいつならやりかねないと思う可能性が高い。

「総司さんにお聞きしたいことがありまして」

「聞きたいこと？　なんだよ」

回りくどいことを嫌う総司なので、率直に聞いた。

「木曽根家と離縁なさりたいと聞いたのですが、本当ですか？」

総司はにやりと笑う。ここで総司が俺に仲間意識を持っていなければ「お前には関係ねえだろ」と突っぱねられるだろう。だが、俺はこれまで総司の言うことには一切の文句を立てず聞いてきた。こいつは手下を欲している。なんでも言われるがままに行動する手下だ。俺はずっと忠実な手下を演じてきた。それはこいつの心を開くためだ。犯罪へと導くために。

本来ならこういうボスになりたがりの人間の心を開こうとしたら、対等と認められる位置までのしあがらなければならない。だが、こいつには対等な人間はおろか、まともな手下すらいない。腕力だけで他人を下に敷こうとする考えが愚かであると気づきもせずに、暴れ回り、それが思い描く状況を排除しているとも知らずに、思いどおりにならない現状に憤って暴れる。悪循環を繰り返した結果は孤立である。こいつには大学に友人なる者がいるが、誰とも心を通わせられず、いらいらした毎日を送っている。こいつが友人と思っている人間は、みなこいつを煙たがり、声をかけられたから仕方なく応対しているだけで、本当は関わりたくないと思っているのだ。

こういう奴は、従順な手下が現れると、最大の関心を持って注目する。言葉では突っぱねても、心ではどう受け取ったのか気にかかる。最初に感じるのは疑いだ。今までにないタイプの出方にとまどう。何度も試すように無理を言っては相手の出方を見る。それでも相手がブレないと知ると、仲間意識が芽生え始める。今までにそういう感情を抱けなかったぶん、意識は過剰に発展し、手下のように扱いながらも、心では信頼を抱き始める。手下がなぜ自分に従順になっているのか考えられなくなるほど盲目的にである。

「耳ざといな、どっから聞きやがった？」

バカなガキだ。人との関わりをきちんと重ねていれば、二十歳でも精神的に落ち着いていられて、俺の従順が欺瞞《ぎまん》であることくらい簡単に見分けられるだろうに。やはりこいつは、人間として低級なバカと呼ぶにふさわしい人間だ。若ければ誰しも「未来ある者」として大切にされると思ったら大間違いだ。若かろうがバカは容赦なく蹴落とすべきだ。優れた人間だけが後世に遺伝子を継承しなければ、人類に未来はない。

「奈津子さんから聞きました」

「あいつ、しゃべりやがったか」

「なぜ離縁したいのかは教えていただけませんでしたが」

総司は鼻で笑う。

「なぜね……、知りたいか？」

「ええ、できれば」

総司は下唇を舌で舐める。

「俺はな……、奈津子と結婚するんだよ」

重大な秘密を明かすかのようにもったいぶって言う。先ほど部屋を出て行った奈津子の頬が赤かったのは、結婚話をしていたのか。あるいはもっと生々しいことをしていたのか。

「そのために、離縁したいのですか？」

「ああ、そうさ」

「たしか、ご両親は離縁に反対と聞きましたが……」

「ああ、あのクソ野郎ども、籍は抜かねえとほざきやがった」

「籍を抜かないと結婚できないのですね」

「普通そうだろ。子供同士で結婚はできねえぞ。お前はバカか」

　総司よ、バカはお前だ。以前、奈津子から離縁の話を聞いたあと、俺は図書館に行って、離縁に関係する法律をチェックしてきた。離縁には普通養子離縁と特別養子離縁がある。特別養子離縁とは、たとえば虐待されている幼児の養子を守るために取る措置で、この場合には養親の承諾なしに、養子、実父母または検察官の請求により離縁させることができる。だが、特別養子離縁は原則として認められず、総司のようなケースは、普通養子離縁となる。普通養子離縁の場合、奈津子が言ったとおり、当事者間の合意と届出によって離縁が成立する。だから、木曽根銅慈と奏子が認めなければ離縁が成立しないという見解は正しい。だが、総司と奈津子の結婚は、離縁しなくてもできるのだ。総司と奏子の組み合わせなら離縁してもしなくても婚姻はできないが、養子である総司と実子である奈津子の組み合わせによる婚姻にはなんの障害もない。法律上は血続きのきょうだいであるが、結婚はできるのである。民法七三四条に、そのことがきちんと書いてある。

　国民の行動は法律で規定されるのが常識である。事を起こすのに法律をチェックしないとはなんというバカだ。だがその点を指摘して、わざわざ対立要素を減らすようなことはしない。俺は平然と「たしかにおっしゃるとおりです」と答える。

「だが、なんとしてもやってやるよ」

総司は意味深な笑みを漏らす。

「まさか、駆け落ちをお考えで？」

「お前はバカか。そんなことしたら、奴の遺産が転がり込んでこねえじゃねえか」

「なるほど、そういうことでしたか。私ごとき人間には考えが及びませんでした」

「あのクソ野郎。俺には遺産を一円も残さねえとほざきやがった。ふざけるな！」総司は近くのソファの背を思いっきり蹴る。「今に見てろ、遺産は俺ががっぽりもらってやる。奈津子を使ってな」

なるほど。遺産を受け取らないと言ったのは表向きだけのことか。「俺の金は俺が稼ぐ」とは、総司らしくない言葉だとは思っていたが、やはりこいつとて人間である。楽に手に入る金は欲しいのだ。

ソファを蹴りつけ、ピラニアを見ていたときのような凄惨な笑みを浮かべている総司を見て、こいつには殺意があると悟った。駆け落ちを考えていないのなら、殺すしかないだろう。まさか親の寿命が尽きるまで待つとは考えてはいまい。こいつはやるつもりだ。

あとはこいつに、どうやってトリックを植えつけるかだ。このままでは、俺より先に総司が疑われる。俺を前に殺意をむき出しにするような奴だ。刑事はこいつの殺意を感じ取ると見ていい。総司が真意を隠しても、相手は腐ってもプロだ。殺意をかぎ回る嗅覚は持っているだろう。だから、こいつを俺の仕事に使うには、トリックがないと安心できない。

リスクはあるものの、刑事と渡り合える資質を考えて、やはりこいつを使おうと決めた。

「ひとつ総司さんに相談があるのですが……」

総司の興奮が冷めるのを見計らって俺は切り出す。

「なんだ」

「奏子さんの様子がおかしくて、察するに、社長を殺そうと画策しているのではないかと思うのですが……」

「はあ、殺す……、へぇ、やるじゃねえか」口の端を吊り上げる。

「社長を殺したあと、地下室に隠れる計画を立てているような気がしてならないんです」

「地下室ってなんだ。俺は知らねえぞ」

「私も最近知ったのですが、離れの家には地下室があるのですよ」

「フン。そんなものがあるとはね」

「奏子さんに、やめるよう説得していただきたいのですが……」

「はあ？　なんで俺がよ？　やりたい奴にはやらせとけ」

「はあ……、そうですか……」

「相談ってそれかよ」

「ええ、まあ」

「くだらないこと言ってんじゃねえ！　さっさと消えろ！」

「はい。では失礼いたしました」

俺は深々とお辞儀をして、部屋を辞去する。ドアを出るとき、振り返ってもう一度、お辞儀をする。そのとき、総司の顔がほころんでいるのが見えた。いいことを聞いたと言いたげな笑みだった。こいつは使える。今度チャンスが来たときにトリックを吹き込むとしよう。

＊

次のチャンスは、一週間後に現れた。総司から「洗車をしとけ」とメールで命令が下った。棚卸の仕事を終えたあと、朝ごはんをかき込んですぐに木曽根宅に向かい、総司から車のキーを受け取って、総司のＢＭＷを洗車する。作業を終えたあと、車のキーを返すために総司の部屋に向かう。ドアをノックする前、総司の部屋の中で電話が鳴り、すぐ総司が電話を取ったようで、電話のベルが止まる。総司の声は大きく、部屋の外まで声が聞こえてくる。電話の邪魔をしないよう、電話が終わってから部屋に入ろうと決めて、ドアの外で待つことにした。

総司の声で「なあ、お前殺したい奴はいるか？　俺はいるぜ。まあ、お前じゃねえから安心しろ」と聞こえてきた。俺はよく聞き取れるようにドアに近づく。

総司の声が続く。

「殺したくてしかたねえけどな、まあ、うまい殺し方がわからねえから、今のところやるつもりはねえよ。今のところはな。だから安心しろ。あのクソ野郎ども、何が親の立場を考えろだ。なんでお前の都合を考えなくちゃいけねえんだよ。ふざけるな。……え？　そうだよ、殺したいのは親だよ。あのクソ野郎ども、あんなの親でもなんでもねえ。親だってだけで、でかい顔しやがって、ふざけるな。……ああ、じゃあ明日な。分かってるよ、持っていくよ。だから心配すんな。じゃあな」

あとひと押しすれば、総司は殺人へと動きだすだろう。そのひと押しは俺の役目だ。ボイスレコーダーの録音スイッチを入れて胸ポケットにしまったあと、ドアをノックする。返答はない。いつものことだ。俺はドアを開けて中に入り、お辞儀をする。

「失礼します」

総司はソファに座っている。俺とは九十度違うほうを向いていて、俺に体の右側を見せている姿勢だ。総司は右の人差し指を甘噛みしながら、じっと窓の外を見ている。黙っているだけではなく、俺のほうを見ようともしない。

「洗車が終わりましたので、車の鍵を返しにまいりました」

総司が俺をちらりと見る。座ったまま右手を俺のほうに伸ばした。俺はその手に車のキーを乗せる。

俺は総司の横顔に向かって話す。

「先日、相談させていただいた奏子さんの件ですが、どうやら奏子さんは本気ではないようだと分かりました。私の心配は無駄に終わったようです」

「なんだと」

総司は俺を睨みつける。

「ご心配をおかけして、すみませんでした」

俺は頭を下げる。仕事のためなら、こんなくだらないバカにでも頭を下げられる。これくらいのことができないようでは、クライムアートは達成できない。

総司はハッと鋭く息を吐く。「くだらねえ」

総司が何かを言う前に、俺はたたみかける。

「奏子さんの心配が解けたとき、思ったことがあるのですよ。地下室にこもった人間を殺してアリバイトリックを成立させる方法を」

総司が身を乗り出して目を見開く。その様子から、総司があのあと奏子を殺すためのトリックについて考えていたのだと分かった。

「なんだ。言ってみろ」

「実に不謹慎だと思うのですが。実は石居さんが小説を書き始めようとしていまして、私もその影響でトリックをいろいろ考えていたのですよ。奏子さんが地下室にこもっている姿を想像していたら、不謹慎ながら小説のネタのきっかけとなってしまいました」

「能書きはいい。早く言え」

俺は総司の正面に回り、続ける。

「あくまで小説の話ですから、現実と切り離すために、地下室にこもっている人間をAさんとしましょう。まずは、地下室に侵入して、Aさんを殺害します。このときの殺害方法は、なんでもいいのです。絞殺でも薬殺でも撲殺でも刺殺でも。トリックは、死体の処理方法にあります。死体は時間が経つごとに腐敗が進行します。死体の処理は腐敗の進行を遅らせて、本来より腐敗の進行が進んでいない状態で警察に見つけさせます。すぐに死体を発見されては、死斑や死後硬直などの腐敗とは別の要因で死亡推定時間を立てられてしまうので、すぐに死体が見つかってはいけません。ですから地下室の蓋はしっかり閉じる必要があります。そうすれば、警察が地下室の存在に気づくのに数日はかかるでしょう。数日経てば、死斑も死後硬直も消えますから、腐敗の状態で判断せざるをえません。そうすると死体を処理したことにより、警察は、腐敗の状態から判断して本来の殺害時間よりあとの日時で死亡推定時間を立てます。その死亡推定時間をあらかじめいつに設定するのかは困難ですので、犯人は、殺害後、死体が発見されるまでの間、友人宅をはしごするなどして常にアリバイがある状態にしなくてはなりません」

「その死体の処理はなんだ？」

「腐敗の進行を遅らせる方法の説明の前に、腐敗とは何かについて説明させていただきます。腐敗とは、腐敗細菌などの微生物によってタンパク質などの窒素を含んだ有機物が分解されることです。つまり細菌が人間の肉体を蝕《むしば》むのです。よって細菌の活動をコントロールする方法が腐敗を遅らせる方法となります」

「細菌は分かんねえけど、凍らせれば腐んねえんじゃねえのか？」

「たしかに、冷凍することにより細菌の活動は抑制され、腐敗の進行は遅れます。ですが、今回の場合、冷凍法は得策とはいえません」

「なぜだ？」

「警察が死体を発見するタイミングを調節できないからです。警察が死体を発見する日時を指定できるような工夫があれば別ですが、できないとあれば死体を冷やしてはいけない。たしかに、地下室は冷凍庫になるように入り口にパッキンがあって密封できる構造になっていますし、冷却機もあります。冷却機にはタイマーがあるので、一定時間だけ冷やすことができます。ですが、タイマーが切れる前に警察に地下室が見つかったらどうでしょう。おそらく、部屋や死体が冷えていて、警察は冷却を考慮に入れて死亡推定時間を立て、トリックが成立しなくなります。死体の冷却処理がリスクの高い方法であると、お分かりいただけましたか？」

「ああ、分かった。ならどうする？」

「冷却以外の方法で、腐敗の進行を遅らせなければなりません。それには細菌について知らなくてはなりません。細菌は大別して好気性菌と嫌気性菌、通性嫌気性菌に分けられます。このうち、冷却以外の方法で活動が抑制されるのは、好気性菌です。好気性菌は、酸素を除去すると活動が抑制されるのですよ。ただ、好気性菌の活動を抑えても、嫌気性菌が活動を続けて腐敗は進行します。ですが、好気性菌が活動を抑えられているぶん、腐敗の進行は遅れます」

「酸素を除去か……分かった。真空引きをすればいい。真空になれば、酸素はなくなる。だから腐敗の進行は遅れる」

「たしかにそれもひとつの方法でしょう。離れの家にはグローブボックスの付属品として、ロータリーポンプという真空引きの装置があります。それを使えば地下室の真空引きはできます。地下室の入り口にはパッキンがあることで密封はできます。キッチンの排水口は、地下室が唯一外につながっている穴ですから、その穴から真空引きすれば、目的は達成できるでしょう。ですが、真空引きもリスクが高いと言わざるを得ません」

「なんでだよ」総司は半分すねて言う。

「真空が蓋を吸引する力は強力です。警察はきっと地下室の蓋を簡単には開けられないでしょう。警察が地下室を発見する直前に真空を破る工夫があれば別ですが、ないのなら警察は力ずくで強引に入り口の蓋を開ける、ないし、排水口の蓋を開けて、真空を破ることになるでしょう。そのときには、急激な風の流れが起きて、大きな音が出ます。地下室に侵入するときにそのような大きな音が起きたのでは、警察はすぐに何か仕掛けがあったのだと気づくと思います。蓋の吸引力を考えて、真空引きにたどり着くのに時間はかからないと思います。それに、真空引きすると死体の損傷も心配です。真空中に人間が入るところなど見たことありませんから推定になりますが、たとえば海釣りで海中深くにいる魚を釣り上げたとき、釣り上げた魚は水圧差の影響で、目が飛び出て浮き袋が極大まで膨れ上がります。真空というかたちで急激な気圧差を与えると、今言った魚と同じ状態に人間もなるかもしれません。目が飛び出し、腸内のガスが膨張してお腹が妊婦のように膨らむ、ないし腹や腸が破れる可能性が考えられます。死体がそのようになっていれば、警察はやはり何か仕掛けがあったと考えるでしょう。真空引き法がリスクの高い方法であると、お分かりいただけましたか？」

「じゃあ、どうすればいいんだよ」

総司がいらだってきた。俺は解答を示す。

「グローブボックスの原理を応用します」

「グローブボックス？」

「グローブボックスは、用途はいろいろですが、基本的には空気中に晒すと酸化してしまうような金属や、空気中の水分を吸って水和物になってしまうような酸化物などを、空気から遮断して、純度の高いまま保存するための装置です。このような物質を中に入れる場合、グローブボックスの内部には窒素ガスを充填します。空気の代わりに窒素ガスを入れるのです。地下室をグローブボックスのようにすれば、冷却法や真空引き法の問題点をクリアできます。冷やさないので死体の温度は変わりません。気圧は一気圧のままなので、蓋を開けたときに大きな音は出ませんし、死体の損傷も心配しなくていいです。ですが、酸素の除去はできます。この窒素置換法が、警察に怪しまれずに腐敗の進行を遅らせる方法といえるでしょう」

「実際にはどうやるんだ？」

「真空引きのときに説明したロータリーポンプ、焼成炉のところにある窒素ガスボンベ、グローブボックス用の配管として用意してあるコック付きT字配管。この三つを使います。まず、地下室の入り口を閉じ、コック付きT字配管をキッチンの排水口にセットします。コック付きT字配管の残りの端を、一方にロータリーポンプ、もう一方に窒素ガスボンベをつなぎます。まず、ロータリーポンプの電源を入れ、コックを開きます。地下室は真空引きされます。ここであまり長い時間、真空引きしていると先ほど言った真空引き法の問題点が出てしまいますから、すぐにコックを閉じます。今度は窒素ガスボンベを開け、コックを開けます。気圧差で窒素ガスが地下室に流れていきます。ガスが地下室に溜まったころを見計らってコックを閉じ、再びロータリーポンプ側のコックを開けて真空引きします。このように、少し真空引きしては窒素ガスを充填するという方法を繰り返して、地下室内の空気を徐々に窒素ガスに置換していきます。窒素ガスボンベのガスを使い切るころには、地下室内は完全に窒素ガスが充填されているでしょう」

窒素置換法は、排水口から液体窒素を流し込む方法でも実現する。液体窒素は死体を冷やし、さらに蒸発した窒素ガスが部屋を満たすので、冷却法と窒素置換法、両方の効果が期待できる。だが、俺が研究に使っている液体窒素の量では足りなすぎる。

地下室を蒸発ガスで充満させるには、多量の液体窒素を買わなければならない。事前に多量に液体窒素を買えば、誰かの目に留まり、その話が警察の耳に入る危険がある。だから、すでに趣味の部屋に用意してある窒素ガスボンベを使うほうが確実だと言っていい。

「なるほどな」

コック付きT字配管が排水口や、ロータリーポンプ、窒素ガスボンベとぴったりつなぎ合わせられるように加工して準備はしてある。

「ただ、この方法にも問題はあります。警察が地下室を見つけて入ったとき、息苦しく感じるでしょう。入り口を開けてすぐには空気が戻りません。息苦しいのは密閉した部屋だからと考えてくれればいいのですが、あまりに苦しいと何か仕掛けがないかと怪しまれます。そこで、Aさんの殺害状況に工夫が必要になります。なるべく残酷な殺し方で、入り口を開けてすぐに見える位置に死体を置きます。たとえば首を切り落として生首を入り口から見える位置に置くようにします。そうすれば警察は死体に近寄る前に、本部に報告をしたり鑑識を呼んだりすると思います。その間にある程度、地下室には空気が戻ると考えていいでしょう」

「フン。なるほどな。だが、もうひとつ問題はある。そのAとやらが、離れの家の玄関の鍵を閉めてしまった場合だ。閉めてしまえば、裏工作だけじゃなくて、殺すことだってできやしないだろう」

「たしかにおっしゃるとおりですが、この小説の場合、Aさんは、離れの家の居間でBさんを殺したあとに地下室にこもっているという設定になっています。Aさんは、Bさんを殺したあと、外部の人間の犯行に見せかけるため、玄関の鍵は開けたままにしておくでしょう。鍵を閉めては、Bさん殺害の犯人がまだ家の中にいると宣伝しているようなものですからね」

「だな」

ここで俺は秘密の工作を考えている。玄関の鍵が開いたままでは、警察は家の外ばかりを見て、いつまで経っても家の中に気を向けない可能性がある。これは賭けになるが、俺は警察が現場にかけつけたとき、家の中の窓を全部内側から鍵をかけ、さらに玄関の鍵が内側からかかっているかのような工作をするつもりでいる。現場を密室に見せるのだ。これで警察の目を家の内に向けさせる。

玄関のドアは、ノブをひねった状態で固定すると、横の突起が出たまま引っ込まなくなる。ノブをひねった状態で固定し、ドアを思いっきり引いて、ドアの枠を壊す。そうすれば、一見、内側から鍵がかかっていたドアを無理やりこじ開けたように見える。ドアを開けたあと、警察が死体に注目している間に、内側から鍵をかける。内側はサムターン錠だから、ひとひねりで鍵がかかる。そうすれば警察は、はじめから内側から鍵がかかっていたと認識するだろう。

　ドアの外から糸を使って鍵を戻す方法もある。鍵を使ってドアを閉め、鍵を棚の引き出しに返す方法だ。ドアの上には通気孔がある。背の高い脚立を持ってきて上がり、通気孔から糸を通して、棚の上にあるロフトの柵まで持っていく。柵で糸をUターンさせて、スキー場のリフトのように行き帰りでつながっている状態にする。行きの糸に玉を作って鍵の穴を引っかけ、ロフトの柵まで持っていく。柵に着いたら糸を緩める。すると鍵の重みで、真下に鍵が下りてゆく。棚の引き出しを開けておき、そこに鍵を入れ込んだら糸を切って、鍵を送った向きとは逆向きに糸を手繰り寄せれば、ドアの鍵が閉まったまま鍵を棚に戻すことができる。開いている棚は、釣竿を伸ばして先で押してやればいい。だが俺はこの方法は使わない。実践向きではないからだ。脚立や糸、釣竿など用意するものが必要だし、時間がかかる。屋外だから作業中に誰かに見られる可能性がある。それにこういう凝った方法は得てして本番でうまくいかない場合が多い。そんな手を使うのは事件を頭でしか考えない阿呆の結論だ。常に実践の場で戦っている俺は、そんなリスクの高い手を使う愚は犯さない。人をだますときは単純な仕掛けのほうがいい。

　もし、内側から鍵がかかっていることから、すぐに地下室を探すほうへ捜査が向かうなら、警察側の勝利だ。そのときは仕方がない。だが、かなりの確率で俺の目論見は成功すると踏んでいる。普通の家には隠された地下室などないからである。そう簡単に隠し部屋という発想は出ないだろう。だから俺は「電気のメーター」というヒントも与えてやることにする。離れの家で待機電力を使うのは寝室にあるオーディオセットだけである。それのコンセントを抜いておけば、電力を使うものがないのにメーターは回っているという矛盾が生まれる。そこに刑事が着目するかどうか見ものである。

総司は足を組んで、背もたれに背をあずけ、不敵な笑みを浮かべて俺を見る。俺はさらに知恵を授ける。

「さらに、もうひとつトリックを仕掛けると小説が面白くなります」

「なんだ。言え」

「Aを殺害したあと、Aの指を使って床に血の文字を書きます。書くのは、ナマエ、ツギ、コウチャの三つの単語です」

「なんのためだ」

「捜査を混乱させるためです。警察は、Aが残したダイイングメッセージだと考えて捜査を進めると思います」

「捜査を混乱か……、ナマエ、ツギ、コウチャ……、お！　なるほど最初の文字をつなげるとナツコになるな。警察の目を奈津子に向けるためだな」

「そのとおりです。もちろんこの場合、犯人はナツコという名前の人物ではいけません」

「当然だ」

総司は口の片方を吊り上げて野卑な笑みをもらす。このダイイングメッセージが示す本当の答えは「ＡＢＥ」であり「阿部」である。だがこの答えは「ドレミの歌」というヒントがないと導きにくい。だから警察が地下室を見つけたあと、何気ないふうを装って、奏子が「ドレミの歌」をよく歌っていたと警察に吹き込まなければならない。奏子が「ドレミの歌」を英語でよく歌っていたのは事実だ。機嫌のいいときに小さな声でよく歌っていた。

このダイイングメッセージが罠だとも知らずに、警察は「阿部」という答えを導き出して歓喜することだろう。誘導されているとも知らずに、得意満面の表情で「自分の力で導き出した」と言わんばかりに証拠として挙げるだろう。単細胞なバカ犬軍団というべき集団だよ。警察というのは。

総司は立ち上がる。

「おい。地下室の場所を教えろ」

「はい。かしこまりました」

俺は歩き出した総司の後ろをついてゆく。

あとの作業は「やっぱり奏子は本気らしい」と吹き込むだけだ。これにより、トリックを考えたのが「本気らしい」と知る前になるから、トリックの吹き込みが殺人の計画には当たらない。地下室の窒素置換トリックは、奏子が殺人を犯さないと始まらないからだ。しかも、小説のネタを考えているという建前だ。ぎりぎりの線だが共犯や教唆には当たらないだろう。ぎりぎりの線はひとつぐらいあったほうが、裁判は緊張感が出て楽しくなる。圧倒的な勝利ではつまらない。

さて、警察はどう来るだろうか。遺留品を調べ、怪しい人間をリストアップする。遺留品や動機からは、俺は容疑者リストの上のほうに位置する。アリバイを作れたら、容疑者リスト上位の俺に対して刑事はアリバイ崩しを図るだろう。そうなったら一番考えられるのは、冷凍法のトリックを使ったと考えて、冷却機のコントローラーについている俺の指紋から、俺を逮捕するという流れだ。冷凍法を思いついたら警察はそれしかないと思い込み、ほかの可能性を一気に除去する可能性が高い。トリックが崩れたとき、人間は結論が出たと錯覚するものである。トリックが俺に容疑を向けるいい呼び水になるのだ。何も根拠がないまま引っ張るのと、根拠があるのとでは、捕まえる側の意識はだいぶ違う。アリバイやトリックという障壁があったほうが、崩れたときに、一気に俺に容疑の目が向くといううまみがある。だからアリバイトリックは必要だ。アリバイが成立するかどうかよりも、俺を捕まえる理由付けのためにアリバイトリックが必要になる。

もし、警察が真空引き法に引っかかるなら、アホ集団ということになる。自分たちがやっているのは科学捜査だなどと、二度と言ってはいけない。入り口や排水口の蓋が簡単に開くのに、真空になっていたと考えるのは、真空を理解していない証拠だ。それに真空引きしたのなら地下室にあるワインのコルクが全部抜けるはずだ。窒素置換法ならコルクは抜けない。ワインのコルクが閉まっているのに真空だったと考えるなら、警察はどうしようもないバカ揃いの集団と言うしかない。

総司が窒素置換法を使うなら、指紋を残さないように手袋をつけるなどの配慮はしなくても大丈夫だろう。警察はきっと窒素置換法など思いつかない。俺の勝利は目に見えていると言っていいだろう。

だが圧倒的な勝利ではつまらない。圧勝の勝負に興奮はない。ぎりぎりの勝利にこそ戦う意味がある。だから俺は事情聴取の際に、ヒントを与えてやることにする。俺の研究内容を滔々《とうとう》と語ってやろう。トリックのヒントを言うとき、俺はきっと緊張している。その緊張感がたまらない。早くその日が来て欲しいものだ。俺は最高の緊張感を味わいながら語ることだろう。俺は運命というものを信じている。未来に起こることは、ある程度事前に決まったものであると考えている。だから俺は刹那的な緊張を求める。左右のどちらに転ぶか分からない緊張状態にいるとき、運命に逆らえるのではないかという夢を見ることができるからだ。だが、刑事は目の前にヒントがあるとも知らずに、俺の話を半分も理解できずにアホ面《づら》を晒して聞いていることだろう。残念な奴らだよ。

さて、ほかに気を配ることはあるだろうか。思えば、総司にたどり着くまでにずいぶん回り道をしたものだ。秘書をする火曜日と水曜日以外にも、木曽根宅をかなりうろついてしまった。それに、これからは第一発見者になるべく、離れの家を毎日のように訪れることになる。家政婦たちは、突然出入りが多くなった俺を不審に思うかもしれない。だがそれはあまり気にしなくていいだろう。警察が俺を疑う格好の材料になる。裁判ではもちろん、研究に熱が入って少しでも進めようとしていたと主張する。

警察が地下室の冷却機を気にしだしたら、冷凍法で犯行ストーリーを考えている証拠だ。そうなったら、俺を疑う可能性が高まる。刑事が冷却機について聞いてきたら、行方をくらますとしよう。そうすれば俺の容疑はいっそう強まる。うまくいけば逮捕状が出るだろう。裁判では、捜査によってストレスが溜まり、晴らそうと出歩くことにしたと主張する。うまくいけば公開捜査まで持ち込めるだろう。昼間は公園のベンチで寝るのもいい。川原で寝るのもいい。昼なら宿泊施設に泊まらずとも安全に寝られる場所はいくらでもある。宿泊施設は警察の手が回っている可能性が高い。夜は繁華街をぶらついていればいい。普段、夜勤で働いているので、昼に寝る生活は俺にとって苦ではない。

電気店のテレビでニュースを確認し、うまいこと公開捜査となったら「つかまり時」である。そのときはホテルに泊まる。ホテルには協力要請が行っているはずだから、チェックインのときには堂々と名前を書いてやろう、「阿部康高」と。ホテルに泊まって体を洗い、ひげを剃ってスーツのホコリを払い、スラックスをズボンプレッサーにかけて形を整える。準備万端整えて捕まるとしよう。

裁判対策も充分にとってある。裁判まで持ち込むのは俺にとっては簡単だ。警察は、逮捕した容疑者はどうやってでも起訴しようとする。警察は逮捕までに罪の形を描き、ストーリーを確立させてそれを疑わないためだ。容疑者が違うことを言えば、罪を逃れるための嘘だと受け止める。嘘だと考えているから強要してでも自分のストーリーに合わせようとする。だから逮捕されれば、よっぽどのことがない限り裁判まで持ち込める。

裁判対策は万全を期さなければならない。慎重に進めなくては鹿浦弁護士とても無罪を取り損ねる可能性がある。だから念には念を入れて、切り札を用意する必要がある。

離れの家には、居間と地下室に隠しカメラがある。おそらくは地下室にある金を監視するために木曽根銅慈がつけたものだろう。レコーダーは寝室にある。二四時間稼動で、画面内に動きのあったときにハードディスクに映像が記録される。ハードディスクにデータが入るのでは、あとでサルベージされて真相が明らかになってしまうので、俺は設定を勝手にいじって直接DVD―RWに記録するモードに切り替えた。こうすればハードディスクのデータをサルベージしても、事件当日の映像は出てこない。

死体を発見したら、まず通報する。DVDには真実が記録されているから、警察の手に渡してはならない。だから一刻も早く回収したいところだが、死体がある家に侵入するところを見られるのはまずい。何か工作をしたのではと勘繰られてはまずいので、警察を呼ぶまではDVDはそのままにしておく。警察を呼び、中に侵入したとき、警察は死体に駆け寄って状態を確認するだろう。その隙に俺は寝室に向かい、レコーダーからDVDを抜き取って、トレーを元に戻したあとコンセントを抜く。DVDをポケットに入れては外から隠していることが分かってしまうので、寝室に積んであるCDのパッケージの中にしまう。このための準備として寝室にはCDを山ほど入れておき、この間選んだニルヴァーナとフランク・ザッパのCDは中を空にしておく。ニルヴァーナとフランク・ザッパを選んだのは、単にカバーの色が目立って目につきやすいからである。隠しカメラは二系統あって、記録されるDVDも二枚あるから、CDは二枚用意する必要がある。

現場の捜査が一段落して俺が中に入れるようになったら、ニルヴァーナとフランク・ザッパのCDを持ち出す。刑事たちにはさと美がCDを聞きたがっていると言って。警察は疑いもせずCDの持ち出しを許すだろう。すぐ目の前に真実があるとも知らずに。

裁判では、DVDをCDケースにしまった者はおそらく犯人であろうと話を進め、まさか持ち出したCDケースの中身がDVDだったとは思いもよらなかったと説明する。「こんなものがあると知っていたら、もっと早くに提出していた」と主張すれば誰しも信じるだろう。きっと「犯人が真実を隠すためにDVDを処分した」という方向で話が進むに違いない。DVDの件は下手をしたら事後従犯になってしまうので、ここも裁判を左右する勝負どころだ。いい緊張感で裁判を進められることだろう。

刑事の視界からいったん離れるのは、リスクとも言える。見えなかった間に何か工作をしたのではないかと勘ぐられる可能性があるからだ。だが、ここでは密室工作が功を奏すると見ている。見ていないところで密室工作をしたのではないかと刑事が考える可能性が高いと思う。DVDが見当たらないことより、密室のほうが大きな要素として刑事の頭にあるだろう。DVDははじめからなかったのだと考えるだろうから、印象は残りにくいと言える。だから刑事の目をDVDからそらすためにも密室工作は必要だ。

これで準備は整った。あとは実がなるのを待つだけだ。それにしても俺に遺産を遺すとは思ってもいなかった。おかげで警察が俺を捕まえるいい動機づけができた。警察は木曽根銅慈殺しを遺産目当て、奏子殺しを口封じか痴情のもつれくらいに考えて俺を捕まえるだろう。条件は整った。

さあ、警察官、検察官よ、勝負だ。

エピローグ――つかまり屋

思い出した。阿部康高という名前、たしかに聞いたことがある。たしか十一年前だ。警官になりたてのころに新聞とテレビで見た。鹿浦という名前の陰に隠れて、あまり目立たない名前だったように思う。だから思い出せなかったのだ。

渡利一義は、踵《きびす》を返し、小田急線の電車に乗る。切符を買い、電車に飛び乗った。電車に乗ってから安堂に「ごめん。いったん署に帰る」とメールを送る。

似たようなことが起きているのではないか。以前と似たようなことが。

本厚木駅までの移動の間、もどかしくて仕方なかった。こうしている間に、阿部が捕まってしまうのではないかと心配でならない。

本厚木駅に着くと、東口から出て、そのまままっすぐ署まで走った。五分と経たないうちに着く。

入ると資料室のコーナーにまっすぐ向かい、新聞の縮刷版がある書架にたどり着く。高さが二メートル以上ある五段の書架に縮刷版があり、十一年前の本を手に取る。たしかあの裁判は夏だったと思うので、七月と八月の本を抜き出して、窓際に並んでいる机に向かった。中央に仕切りがある四人がけの木の机で、そこに本を下ろして椅子に座って頁をめくる。八月の本の「裁判」の項目に目当ての記事を見つけた。

該当箇所を開くと、たしかに阿部康高の名前があった。名古屋にある東仙大学で、この記事の二年前に起きた大学教授殺人事件の二審判決の結果が載っている。結果は阿部側の勝利で無罪。鹿浦という名前の弁護士自らの手で真犯人を探し出したため阿部の無罪が確定したという、異例の裁判であった。たしかこの判決結果はニュース番組や、非番の日に見たワイドショーでも大きく取り上げられていた。鹿浦弁護士が出演していて、警察の捜査の甘さや取調べの強引さを、得意満面の表情で声高に非難していた。番組の中で彼はヒーロー扱いだった。鹿浦弁護士は、名探偵、神通力などの言葉を使ってもてはやされていた。おそらく世間の人々も彼をヒーロー視して、冤罪にするところだった警察は悪者であっただろう。鹿浦の印象ばかりが強くて阿部の名前を忘れていた。渡利はこの事件の二の舞にならぬよう強く思った覚えがある。もしかしたら容疑者を「本当に犯人だろうか」と疑うようになったのは、この事件がきっかけかもしれない。

今回も同じようなことが起きているのではないか。今回、阿部が殺人を犯したという直接的な証拠はない。肝心の凶器からは阿部の指紋は出ていない。

やはり阿部を捕まえるのは時期尚早だ。逮捕状は取り下げて任意同行で追及するべきである。渡利は立ち上がった。

部屋の端にあるコピー機で記事のコピーをとると、本を書架に戻し、職員に奇異な目で見られながらも署内を走って二階に上がる。

刑事課の部屋に戻ると、全国の警察署の電話番号が載っている冊子がある棚へとまっすぐに向かう。目当ての本を抜き出すと自分のデスクに向かった。刑事課は全員出払っていて、課長だけが席に座ってパソコン画面を見ていた。

「どうした」という課長の声に「ちょっと」とだけ答えて電話機の受話器を取り、机の上で持ってきた本を開く。愛知県警の電話番号をプッシュする。新聞記事から捜査したのは愛知県警だと分かっている。コール二つで相手は出た。渡利は名乗り、捜査一課につないでもらうように言う。

「はい。捜査一課」低い男の声だった。

「お忙しいところすみません。神奈川の本厚木署刑事課の渡利と申します。実は十三年前にそちらで起きた事件についてお聞きしたいことがありまして」

「どんな事件です？」

「名古屋にある東仙大学教授殺人事件です。当時、容疑者は阿部康高という大学生でした」

相手はメモをとっているのか、とぎれとぎれに言葉を繰り返す。

「ホシが阿部……、なんでしたか？」

「康高です。健康の康に、高い低いの高い、と書きます。この事件を担当なさった刑事さんから当時の状況を詳しく聞きたいと思っていまして」

「分かりました。ちょっと聞いて回りますので……、折り返しこちらから電話をかけますよ」

「お願いします」

渡利は名前と直通の電話番号を教え、電話を切った。課長を見ると、手を止めて渡利をじっと見ていた。

「十三年前の事件なんて調べてどうする」

渡利には、はっきりとした確信があるわけではなかった。自分でも自分の行動が分からなくもある。十三年前の事件と今回の事件につながりがあるとは思っていない。ただ妙にくすぶりだした不安に駆られて出た行動であり、十三年前のことを聞いても何も話は進展しないかもしれない。だが、もっと阿部を知っておいたほうがいいという気がしている。もっと阿部を知らないと事件の真相は見えてこないような気がしてならなかった。

「ちょっと気になりまして」渡利はそう返答した。

「ふん」とだけ課長は言ってパソコンに目を戻す。

「課長、ちょっといいですか？」

「なんだ」パソコンに目を向けたままだ。

「阿部の逮捕状、下げたほうがいいんじゃないでしょうか」

課長は渡利の目を見る。

「根拠はなんだ」

「阿部が犯行を犯したという直接的な証拠がありません」

「そんなものいつ出るか分からないだろう。それに現に阿部は逃げている」

「逃げているのではないとしたら？」渡利はつい口走る。

「逃げているのではないとしたらなんだ？」

渡利は返答に困った。逃げているのではないとしたらなんだというのだ。直感で口走ったが、やはり思い過ごしかと考えてみる。課長はため息をつく。

「よけいな心配してないで、さっさと阿部を引っ張ってこい。話はそれからだ」

課長の携帯電話から通知音が鳴る。課長は携帯電話を操作して画面を見る。すぐに顔を上げた。

「阿部を確保した。池袋だ」

遅かった。渡利はなぜかそう思った。

阿部確保の報を聞いて、続々と捜査員が帰ってきた。

渡利は自分の席に座り、電話が来るのを待った。阿部が犯人ではないような気がする。渡利の中でその想いはだんだんと確信に近くなってきている。だが課長たちを納得させるに足る材料がない。コピーした紙を握り締めた。すがりつくように電話機をじっと見る。

もうすぐで夕方の五時になろうという時間だった。電話が鳴った。

渡利は慌てて受話器を耳にあてる。

「はい。本厚木署、刑事課です」

「ああどうも、愛知県警の山辺ですが、渡利さんはいらっしゃいますか?」渋めの大きな声だった。

「はい。私です」渡利は即答した。

「なんでも阿部康高について調べているとか」

「はい、そうです」

「この話は、そちらで起きている社長殺しの件ですか?」

「はい」

「なるほど。阿部なんですが、こいつには気をつけたほうがいい」

どこかで聞いたようなセリフだ。

「どういうことでしょうか?」

「こいつはね、『つかまり屋』なんですよ」

「つかまり屋?」初めて聞く言葉にとまどって、渡利は思わず聞き返した。「つかまり屋」とはいったいなんだ。

「当たり屋みたいなもんですよ。こいつはね、わざと犯人のフリして捕まって、捕まえると不当逮捕だ、自白の強要だと言って騒ぎ立てて、警察から金を脅し取ろうとするヤカラなんですよ」

わざと犯人のフリをするなんて、そんな人間がいるのだろうか。

「それは本当ですか?」

「ええ、本当です。ウチらも何度かやられているんですよ」

「そんな……」渡利は言葉に詰まった。自分からわざと警察に捕まろうとする人間、しかも警察をゆする。そんな人間がこの世にいようとは。信じがたいが、山辺がウソを言っているとは思えない。何度かやられているというなら、阿部のこの不条理とも言える行動は今も続いている可能性がある。

「こいつが犯罪の周りをウロウロしていたら気をつけたほうがいい。阿部が真犯人ではない可能性は、ほぼ一〇〇%と言っていいでしょう」

「ほぼ一〇〇%ですか……」

「ええ、それに裁判まで持ち込めば勝ちだとも思わないほうがいい。阿部のバックには鹿浦という弁護士がついている。こいつがなかなかやっかいな弁護士でね。阿部が捕まろうとしているとき、裁判対策はきっちり取ってあると言っていいでしょう。無罪を取られるばかりか、裁判を起こされて賠償金を取られるのがオチです」

「そうですか……」

「阿部にはね、自らは罪を犯さないというポリシーがあるんですよ。だから阿部だけは捕まえないほうがいい」

「分かりました。ありがとうございます」

渡利は悄然として受話器を置いた。阿部康高。つかまり屋。なんてヤツなんだ。

ふと渡利は菊池の言葉を思い出した。

――阿部には気をつけろ。簡単に逮捕するな。

あの言葉はそういうことだったのか。菊池はすでに阿部にやられている。そう確信した。

渡利は課長の元へ駆け寄った。

「課長！　やっぱり阿部は逮捕しないほうがいい」

「なんなんだよ、お前は」うんざりだと言いたげに眉をひそめる。

「阿部は、つかまり屋なんですよ！」課長の机を手で叩く。

「つかまり屋？　なんだそれは」

「犯人じゃないのに、犯人のフリしてわざと捕まって、不当逮捕だと言って警察をゆする奴です。裁判に持ち込めば逆にやられて賠償金を取ってくるような奴なんですよ！」

「わざと捕まる？　そんな奴がいるわけないだろう」

「いるんですよ。阿部はそういう奴なんだ！　愛知県警の山辺という刑事が証言しています。阿部は名古屋で荒らしまくって、やりにくくなったからこっちに来たんですよ！」

課長は立ち上がり、腰に手をあてる。部下をなだめるときのお決まりのポーズだ。

「まあ、そう興奮するな。あとは県警のやつらが上手くやるだろう」

「向こうは阿部のことを分かっていない！」

渡利は携帯電話を取り出す。すかさず課長が手で制した。

「何をする気だ」

「県警の人間に教えるんですよ、阿部のことを！」

「待て待て。分かった。今のことは俺から報告しておくよ」

なんだか頼りなげな返答だ。本当にするだろうか。

「本当ですか？」

「ああ本当だ。報告しておくから、お前は阿部のことはもう忘れて自分の仕事に戻れ。カーナビの件、まだ解決に至っていないだろう」

部屋の一角にあるテレビのところで、ざわつきが起きた。刑事の一人が「木曽根のニュースだ」と言った。テレビの周りに人が集まる。渡利もテレビに近づいていった。

テレビにグレーのスーツを着た男のニュースキャスターが映っていた。

阿部が逮捕されたと告げられると映像が切り替わり、阿部が映った。ハーフコートを着ており、中は濃紺のスーツだ。逃げていた割に小ざっぱりしており、スーツやネクタイはピンと張っていてシワはひとつもない。顔には無精ひげもない。両手は体の前にあり、手首から先にはモザイクがかかっている。手錠をかけられているからだ。阿部は刑事数人に取り囲まれ、車のほうへ連行されるところだ。警視庁から神奈川県警に身柄が引き渡されるところだろう。

「けっこう、堂々としているじゃん」橋爪が言う。

阿部は背筋を伸ばし、顔を上げてまっすぐに歩いている。頭には何もかぶっていない。たしかに堂々としている。

阿部の目がテレビカメラを捉えた。

そのとき、渡利は思わず息をのむ。

気のせいかもしれないが、阿部の口元がかすかに動き、笑ったように見えた。

負けた。渡利はそう思えてならなかった。馬渡捜査一課長は追い込まれていると言っていた。彼は真実や真犯人が欲しいんじゃない、結果が欲しいだけなんだと。無理やりにでも裁判に持ち込むだろう。だが、阿部は裁判対策をきちんと取ってあるという。それに公開捜査で世間に顔と名前が報じられ、手錠をかけられ連行される姿が公に報じられた。精神的苦痛を訴えられる状況になってしまった。阿部は警察を攻撃するネタをすでに持ってしまったのだ。

負けた。渡利は確信した。

＊

朝、起きたら今日も唇が乾いていた。カリフォルニア州の気候は千差万別だが、このロサンゼルスでは冬は寒い。朝には十度を下回ったりもする。だからひと晩中暖房をつけて寝ているので、しかもエアコンの風が顔にちょうど当たるので、寝ている間に唇が乾く。宮弧さと美は、手を伸ばしてベッドの端に置いておいたリップクリームを取って唇に塗る。壁にかかっている緑色の時計を見ると、もうすぐ九時になろうという時間だった。さと美は身を起こして暖房を止める。ジョセフソン家は主人がパソコンメーカーの取締役で裕福だから、ひと晩中エアコンをつけていても文句を言わない。むしろ、さと美が来てくれて金の使い道ができたと喜んでいるくらいなのだ。それが見栄でない証拠に、マンションの八階にある8LDKの各部屋は高級な家財で埋め尽くされ、夫人のロジエッタや娘のジェニファーは高価なアクセサリーを日替わりのように変える。

ジョセフソン一家の朝は六時に始まる。今日さと美が寝坊できたのは、昨晩「調子が悪い」とウソをついたからである。ウソが見抜けなかったロジエッタは「明日は起こさないから寝ていなさい」と言ってくれた。

さと美はベッドの上で一度背筋を伸ばし、ベッドを降りて、部屋着にしているピンクのジャージに着替え、ドレッサーの鏡の前で、髪を手で整える。さと美は三つある客用の部屋のひとつを使わせてもらっている。本当はほかの部屋も使っていいと言ってくれていたのだが、「ひとつのほうが管理しやすいから」と断った。

さと美が廊下に出ると、四十過ぎの婦人、この家の家政婦をしているソディーと顔を合わせた。ソディーはモップがけしている手を止めた。彼女は暇さえあればモップがけをする。おかげで床はいつも塵《ちり》ひとつない。

「おはようサティー。調子はどう?」さと美はこの家でサティーと呼ばれている。

「まだちょっと調子悪いみたい」と眉をひそめてみせる。

「朝食の用意ができているけど、食べられるかしら?」

「たぶん、食べられると思う。ありがとう」

　礼を言ってダイニングに向かう。ロジエッタとジェニファーが出かける準備をしていた。ジョセフソン一家は、今日、ロジエッタの姉妹家族と一緒にピクニックに出かけることになっている。一年の半分以上をニューヨークなどの都会で過ごす主人が家に帰ってくるときは、たいていこの一家は休日を親戚たちとともに外出して過ごす。こんなに寒いのによくやるものだと、さと美は思う。

　今日は午後からソディーが休みの日である。午後からこの家は空になる。だから、さと美は「調子が悪い」とウソをついたのだ。

　ロジエッタは金髪の長い髪を後ろで束ね、今日は曇っているにもかかわらず、黄色いひさし付き帽子をかぶっている。黄色のワンピースの上にセーターを着て、腕には長いコートを持っている。彼女の首にはこんなときでも高級なネックレスが光っている。

　今年二十二歳になるジェニファーは、ボーイッシュな格好で、ハーフパンツから白い足が伸びている。二人とも真冬の格好とは言いがたく、寒いというのに大丈夫だろうかと心配になる。それとも、さと美のほうが過剰に寒がっているのか。

　二人と挨拶を交わして、いそいそと準備を進める二人を見ながら、さと美はダイニングテーブルの自分の席に座って、用意されているパンとマカロニサラダを食べ始める。

細長く切ったフランスパンにジャムを塗る。ジャムは握りこぶし大の大きさのビンにもかかわらず三〇ドルもする。いったい何を入れたら三〇ドルになるのか。ジャムだけ舐めてみても何も分からない。

やがて二人の準備が整い、出かけることになった。ロジエッタからは「体をいたわりなさいよ」と声をかけられ、ジェニファーとは手を振り合う。

道路側の窓に寄って下の道を見てみると、マンションの前に高級車が止めてあり、主人が腕を組んで待っていた。そこに駆け寄るようにロジエッタとジェニファーが近寄り、三人を乗せた車がポプラ並木通りの道を進んでゆく。ロサンゼルスの都心部なだけあって交通量は多い。乾いた季節風の吹く季節は過ぎ、山火事のニュースも聞かなくなった今日この頃であるので、街に落ち葉などはあまり散乱しておらずきれいな街並みである。

一家が出かけてゆくと、ソディーが近寄ってきて昼食の説明を始めた。昼食はキッチンの中に、すでにさと美一人ぶんが用意されていた。リゾットとチキンソテーだった。さと美の体調を考えてか少なめだった。足りなければピザでも注文すればいい。先日、メイクの仕事の給料が入ったばかりだから金はある。メイクの仕事といっても、さと美のやっているのは人材派遣会社の所属で、メイクアップアーティストの補佐の仕事、内容は主に荷物持ちと消耗品の買い出しという、メイクの経験がなくてもできるものである。

キッチンに用意しているものを電子レンジで温めなさいと指示をして、ソディーはそそくさと帰り支度を始める。契約では午後から休みなのだが、一家が見ていないことをいいことに、さっさと帰ることにしたらしい。ソディーは仕事をきっちりとこなすが、プライベートタイムは何より大事にする。

「じゃあね」と言ってソディーが帰る。帰り際「このことは内緒ね」と言いたげな笑みとウインクをしていった。

さと美は一人になった。この家に来てから一ヶ月近く経つが、一人になったのは初めてのことだ。ずっと一人になるチャンスを狙っていた。一人になりたくて「調子が悪い」とウソをついたのだ。さと美は寝室に戻り、日本から持ってきたバッグの底を漁る。取り出したのは二枚のCD。ニルヴァーナとフランク・ザッパのCDである。中身はDVDであると、阿部から聞いている。

DVDを居間のテーブルに置き、パンとサラダを食卓から居間のテーブルに移す。液晶テレビの電源を入れ、DVDプレイヤーに、ニルヴァーナのCDケースから取り出したDVDをセットする。パンを乗せた皿を引き寄せて、ジャムがたっぷり乗ったパンをかじる。

映ったのは、どこかの部屋だった。居間のように見える。中央に緑色の絨毯があり、中央を囲むように三つのソファが置いてある。壁は木材がむきだしだ。ログハウスだろうか。奥に見える壁には大きな山の絵がかけてある。ロフトにつながっているだろう階段も見える。上のほうから部屋全体を俯瞰するようなアングルで映っている。隠しカメラだろう。

動画の再生が始まってすぐ、画面右手側から、男が入ってきた。年齢は五十歳くらいだろうか、頭の毛のサイドに白髪がメッシュのように入っている。紺色のスラックスをはき、長袖の紺のシャツに、白地に緑のラインが入っているセーターを着ている。体型はやや太めだった。

「なんで、こんなところで話をしなければならないんだ！」

画面の男がいらだたしげに怒鳴った。どうやら音声も取ってある。男は腕を組んで部屋の中心へと向かう。

後ろからもう一人の男が現れた。こちらは、やせ細った体型の男でスーツを着ている。

「申し訳ありません。ここでなければ、できない話でして……」

言い訳がましく細身の男は言い、背中を向けたままの男にお辞儀して部屋に上がる。手には革製と思われる薄いかばんを持っている。

「さっさと言え。お前に関わっている時間は俺にはないのだ」

部屋の中央に立った男が怒鳴る。細身の男が白い手袋をつけるのが見えた。手袋をつけ終わるとかばんの中に手を入れる。取り出した手には刺身包丁と思われる細身の包丁が握られていた。

殺す気だ。パンを噛んでいるさと美の口が思わず止まる。

細身の男は一気に距離を詰めると、まっすぐ背中を向けたままの男に体当たりをするようにぶつかった。男の絶叫が響く。

細身の男が離れると、倒れた男の背中に包丁が突き立っているのが見えた。

「上岡ぁ……」

倒れた男が苦しげにうめく。この細身の男は上岡という名前らしい。上岡は倒れた男に近寄ると、包丁の柄を足で踏みつける。何度も。踏みつけるたびに男の絶叫がほとばしる。

「私たちはこれからもミクトラルとお付き合いさせていただきますよ。でもね、取引相手は、あんたじゃない！　あんたじゃない！　あんたじゃない！　……」

上岡は「あんたじゃない！」を繰り返し、言うたびに、包丁の柄を思い切り踏みつける。倒れている男の衣服を血が汚してゆく。男からもれる絶叫がだんだんと小さくなる。

上岡は男の頭のほうに回ると、今度は足の裏で頭を踏みつける。ねじ込むように何度も足をひねりながら。

ついに倒れた男は動かなくなった。それでも上岡は頭を踏みつけるのをやめない。荒い息を吐きながら足を頭からはずすと、倒れた男の髪が散々に乱れていた。

「あーあ、殺しちゃったよ」

さと美はつぶやいて、サラダを口に放り込む。

画面に映る上岡は、小さく笑いながら、画面右のほうへ去った。

部屋には倒れている男が残された。背中には線香のように包丁がまっすぐ突き立っている。画面がいったん途切れた。

再び、居間が映る。さっきと同じ風景だ。部屋の真ん中あたりで背中に包丁が刺さった男が倒れている。画面右手側から、新たな人物が現れた。背の高い、体格のいい男だった。体全体を覆うコートを着ており、大きなバッグを右肩にかけている。

「やはり、やったか……」

つぶやくと男は大きなバッグを床に置き、手袋をはめコートのポケットから携帯電話を取り出してどこかにかける。

「ちょっと離れの家まで来てもらえませんか……、ええ、今すぐです」

どうやらこの場所は「離れの家」と呼ばれているようだ。男はじっと死体を眺めている。取り乱したりはしない。そこに彫刻家が彫った彫像でもあるかのように、じっと見つめ続けている。死体を見慣れているようだ。やがて画面の右側、男の背後から女が現れた。痩せた女だった。年は四十過ぎぐらい。ソディーと同じくらいの歳に見える。

女は死体を見ると、ヒッと小さく悲鳴をあげて口を覆う。

「あなた……」

女がつぶやく。女は殺された男の妻なのか。体格のいい男は、そんな妻の様子をじっと観察している。やがて妻は体格のいい男を見上げて、目を見開き離れる。

「まさか、北島さん、あなたが……」

体格のいい男は北島というのか。妻は震えた声で続ける。

「総司の事件のもみ消しで、主人からお金を受け取って、そのことがばれそうになったから、ついに……」

そこまで言って口を手で覆う。言いすぎたことに気づいたか。

「やはり、知っていたか」

北島はつぶやくと妻に近寄る。妻が「待って」と言ったのが最後の言葉だった。北島が当て身を食らわせたようで、妻はぐったりとなって倒れる。

北島は、妻を放ったまま部屋の角に行き、しゃがみ込んで何かをしている。すると部屋の隅の床が一部持ち上がった。北島は死体の背中に足を乗せ、包丁を一気に抜き取る。続いて床に置いてあったバッグを肩にかけ、妻を抱え、開いた床から下へと向かっていった。秘密の地下室があるようだ。

「殺しちゃったかな？」

さと美がつぶやいて、すぐにいったん映像が途切れ、北島が地下室から出てきた。手には何も持っていない。バッグと妻と包丁は地下室に置いてきたようだ。北島は地下室の扉を閉め、部屋の角に行ってしゃがみ、何かをしてから画面左のほうに消えていった。再び現れたときには「窒素ガス」と書かれたボンベを引きずってきた。手にはもうひとつ、四角い小さな機械も持っている。画面左のほうにしゃがむと、小さな機械のコンセントをつなぎ、機械から伸びるパイプをコックのついたT字型の配管につなぐ。T字型の配管の開いたほうの片方をボンベに、片方を排水口のようなところに手錠みたいな金具を使って止める。小さな機械のスイッチを入れた。ブオオオンという耳障りな音が響く。コックを開いて、しばらくしたら閉じる。今度はボンベ側のコックを開く。シューッという音が出る。ガスが出ているのか。ボンベ側のコックを閉じて、機械側のコックを開く。交互にコックを開く作業を長いこと続けた。

さと美は朝食を食べ終わって、皿をキッチンに片付け、おやつのビスケットを持ってきてもまだ続けていた。北島はもしかしたら地下室に窒素ガスを充填しているのかもしれない。直感で死体の腐乱対策だと分かった。腐敗の進行を遅くしてその間にアリバイを作ろうという魂胆か。北島は、作業が終わると排水口に金属の板をかぶせ、機械とボンベを画面左のほうに持ってゆく。戻ってきた北島は男の死体を一瞥すると部屋の明かりを消し、音もなく去っていった。そこでＤＶＤは終わった。

「なるほどねー」

さと美は、ビスケットをくわえながら、ＤＶＤをフランク・ザッパのものと取り替える。今度はコンクリートに囲まれた暗い部屋だった。奥の壁に棚があり、ワインとスーツケースが置いてあった。画面右のほうにある階段から北島が降りてきた。片手に血のついた包丁を持ち、肩に大きなバッグをかつぎ、片手で気を失った妻を抱えている。部屋の真ん中あたりに妻を寝かせると、バッグを少し離れたところに放り投げる。妻の元に戻ると、片手で妻の口をふさぎ、ためらわずに包丁で刺す。妻のうめき声が聞こえてくる。北島は何度も妻を刺す。北島は力がありそうなのにあまり深く刺さない。何度も刺しているうちに妻のうめき声が聞こえなくなった。最後に、時間をかけて妻の首を切断し、生首を階段の下に置いた。

「あーあ、死んじゃった」

さと美は、そう言ってビスケットを齧る。

北島は妻の手を取ると指を伸ばし、指に妻から流れた血をつける。その血を使ってコンクリートの床に何か文字を書く。よく見えないが指の動きから、ナマエ、ツギ、コウチャとカタカナで書いているのが分かった。この血文字は阿部から聞いていて、理由はもう分かっている。この三つの言葉は、ＡＢＥを表し、阿部を示すダイイングメッセージになっているのだ。北島は血文字を書き終えると、包丁を放り投げ、階段を上がって見えなくなった。妻の死体は地下室に残された。ＤＶＤはそこで終わった。

二件の殺人事件が起きた。これはなかなか、たいそうな事件だ。

阿部はどうやって二人を殺人へと導いたのだろう。上岡は、会話から察するに殺された男と仕事の取引相手。しかも男に対して不満を持っている。阿部は、その不満を増幅させ殺意が起きるように会話で誘導したのだろう。そしてきっとこう言ったに違いない「あの離れの家は防犯上問題がありましてね。たとえばあの居間で殺人事件でも起きたら、きっと犯人は捕まらないんじゃないかと思うのですよ。そう思うとなんだか怖くなってきてしまいましてね。離れの家には近寄らなくなってしまいました」

そして殺された男のスケジュールを空け、空いていることをそれとなく上岡に伝える。そうして殺害日の日程調整をしたのだろう。北島が「やはり」と言っていたことからして、上岡の殺害日は、阿部によって密かにスケジュール調整されたものである可能性が高い。

北島は、妻の言葉から殺された男に金で飼いならされていたと分かる。「総司の事件のもみ消し」と言っていたことからして、北島は警察関係者だろう。阿部は金で飼いならされていた事実を、裏帳簿を見つけるなどなんらかの方法で知り、それを殺人に使おうと決めたのだろう。金で飼いならされている事実が公表される危険性をそれとなく阿部は北島に知らせ、その情報を妻にリークする。阿部が、飼いならされている事実を知っていたら阿部も口封じで殺されるだろうから、会って会話で誘導したわけではないだろう。匿名の手紙か何かで誘導したに違いない。そして妻が真相を知っていると北島に知らせる。そして妻を口封じのために殺させる。匿名の手紙ではなく、妻の名前で手紙を出したのかもしれない。

アリバイトリックやダイイングメッセージは、どうやって吹き込んだのだろう。実際に会って相談したのかもしれない。「こういうトリックやダイイングメッセージを使った殺人計画を見てしまったのですが、どうしたらいいでしょうか。いつか離れの家で殺人が起きる気がしてなりません。食い止める方法はないでしょうか」と相談したのかもしれない。あるいはこちらも匿名の手紙か。北島が、そのありもしない殺人計画に便乗するように仕向けた可能性が高い。

事件が発覚したあと、北島は警察関係者として、どう振る舞ったのだろう。きっとポイントとなるところで事件を解決に導くよう活躍をしていただろう。そのほうが、黙っているより疑われる危険性が低い。事件解決へ向けて最前線で活躍している人間が犯人だとは、普通は考えない。そして北島は、最後の犯人を決める段階で、あえて阿部を犯人として示すように動いただろう。それまで活躍している場面があればこそ、最後の阿部犯人説に説得力が出てくるというものだ。最後の阿部犯人説に説得力を持たせるためにも、それまでの展開は活躍していないといけない。北島は内心ほくそえみながら、阿部が犯人であるかのように捜査本部を導いていたことだろう。

なんだかどきどきしてきた。さと美は今、二人の運命を握っている。きっと今頃、日本では阿部が警察に捕まって追及を受けている。上岡と北島は、うまく逃れられたとほっとしているだろう。だが、そうはいかない。今ここに運命を逆転させる重大な証拠がある。さと美は二人の運命を握っているのが楽しくてならなかった。日本に帰ったら裁判所に駆け込んで、傍聴席から大声で叫んでやろう。「真犯人は別にいます！　私がその証拠を持っています！」

世間の注目はさと美に集まり、上岡と北島は奈落の底に落ちる。

さと美は楽しくなって、ソファの上で何度も跳ねた。

了

本書は、二〇一七年十一月に弊社より刊行された文庫本を、加筆・修正したものです。

本作品はフィクションであり、実在の人物・団体などとは一切関係がありません。

文芸社文庫

つかまり屋

二〇二〇年八月十五日　初版第一刷発行

著　者　千野修市
発行者　瓜谷綱延
発行所　株式会社　文芸社
〒一六〇－〇〇二二
東京都新宿区新宿一－一〇－一
電話　〇三－五三六九－三〇六〇（代表）
〇三－五三六九－二二九九（販売）

印刷所　図書印刷株式会社
装幀者　三村淳

ISBN978-4-286-21629-4